dtv

Ella geht gern zur Schule, das ist auch noch in der zweiten Klasse so, denn nirgendwo kann man mehr Spaß haben als dort. Pekka, der Klassendödel, sorgt wieder für gute Laune, und Timo, das Klassengenie, ist scharfsinnig wie immer. Wie sonst hätte er blitzgescheit folgern können, dass der komische Neue ein Außerirdischer ist? Andererseits, hat nicht selbst die Direktorin gesagt, der Rambo sei kein Junge von diesem Planeten? Auf jeden Fall ist dieses zweite Schuljahr ein ganz besonders schönes! Denn auf die Klasse warten die große Schülerolympiade, eine Schulnacht und viele neue verrückte Geschichten. So schön kann Schule sein!

Timo Parvela, 1964 geboren, war gern Lehrer, bevor er Schriftsteller wurde. Er schreibt für Erwachsene und Kinder und wurde dafür vielfach ausgezeichnet.

Sabine Wilharm, 1954 geboren, studierte an der Fachhochschule für Gestaltung in Hamburg und arbeitet seit 1976 als freie Illustratorin. Sie zeichnete u. a. den deutschen Harry Potter.

Timo Parvela
Ella in der zweiten Klasse

Aus dem Finnischen von
Anu und Nina Stohner

Mit Bildern von Sabine Wilharm

Deutscher Taschenbuch Verlag

Die Schülerolympiade

Der erste Schultag

Ich heiße Ella. Ich gehe jetzt in die zweite Klasse, so wie alle meine Freunde. Auch unser Lehrer ist noch dabei und Pekka, der immer seltsame Fragen stellt.

»Ist das hier nicht die Universität?«, wollte Pekka gleich am ersten Tag von unserem Lehrer wissen.

Aber der Lehrer antwortete nicht.

»Wozu geht man ein ganzes Jahr in die Schule, wenn man dann doch nicht auf die Universität kommt?«, setzte Pekka nach.

Aber der Lehrer antwortete immer noch nicht. Er zählte nur ganz ruhig die bunten Glasperlen an einem Lederbändchen, das wir vor den Ferien noch nicht bei ihm gesehen hatten. Später erfuhren wir, dass es ihm der Schularzt verschrieben hatte.

»Bekommen wir dann wenigstens Geld dafür, dass wir schon in die zweite Klasse gehen?«, fragte Pekka.

Wir fanden es alle toll, dass die Schule wieder anfing und wir wieder zusammen waren. Alle hatten in den Ferien spannende Sachen erlebt.

Unser Lehrer hatte im Sommer seine innere Ruhe wiedergefunden. Das glaubten wir jedenfalls – bis ihm beim Mittagessen im Speisesaal das Perlenbändchen riss.

Timo hatte sich im Sommer einen Schnurrbart wachsen lassen. Das glaubten wir jedenfalls – bis ihm der Schnurrbart in den Gemüseeintopf fiel.

Mika hatte im Sommer einen schönen Aktenkoffer bekommen. Das glaubten wir jedenfalls – bis die Direktorin mitten in der Stunde ins Klassenzimmer kam und ihn sich zurückholte.

Hanna hatte im Sommer einen echten Diamanten gefunden. Das glaubten wir jedenfalls – bis er ihr auf den Boden fiel und in winzige Stücke zersprang.

Tiina war im Sommer taub geworden. Das glaubten wir jedenfalls – bis die Köchin fragte, wer noch ein zweites Eis haben will.

Ich hatte im Sommer gelernt, Sachen fortzuzaubern. Das glaubten jedenfalls die anderen – bis Pekkas zweites Eis hinten in meiner Jeans zu schmelzen anfing.

Pekka war im Sommer Professor geworden und einen ganzen Meter gewachsen. Das glaubte er jedenfalls – bis wir ihm erklärten, dass man in der Schwimmschule keinen Abschluss als Professor bekommt und dass ein Zentimeter ein bisschen weniger als ein Meter ist.

In der letzten Stunde am ersten Tag bekamen wir dann ein neues Schulfach. Keiner verstand, worum es ging, aber es war alles unheimlich spannend.

»Schließt die Augen und atmet gaaanz ruhig!«, sagte der Lehrer am Anfang der Stunde.

Da schlossen alle die Augen, außer dem Lehrer, der die Perlen wieder auf das Lederbändchen fädelte, das ihm beim Mittagessen abgerissen war. Das sahen wir, weil wir natürlich alle spickten.

»Jetzt stellt euch vor, ihr seid in einem stillen Wald, und in den Wipfeln der Bäume säuselt leise der Wind«, fuhr der Lehrer fort.

Wir stellten es uns vor, wie lange es wohl dauern würde, bis ihm die Perlen wieder runterfielen. Man sah nämlich deutlich, dass seine Hände zitterten.

»Ihr seid tief, gaaaanz tief im Wald, und ihr habt im Waldboden Wurzeln geschlagen. Ihr seid die größten Bäume im ganzen Wald«, sagte der Lehrer.

Nur noch zwei Perlen.

»Ihr habt die Wurzeln im Boden, und ihr schlaft tief und fest. Es ist still und ruhig. Nichts bewegt sich. Niemand bewegt sich, alle haben ihre Augen fest geschlossen, und wer sich trotzdem bewegt, muss nachsitzen«, säuselte der Lehrer.

Nur noch eine Perle. Sie war grün. Der Lehrer nahm sie mit Daumen und Zeigefinger vorsichtig aus der kleinen Schachtel, in die er sie im Speisesaal eingesammelt hatte. Wir sahen, wie seine Hände zitterten. Wir waren gespannt. Der Lehrer führte die

Perle zum Ende des Lederbändchens. Im Wald bewegte sich kein Blatt. Dann läutete die Schulglocke.

»Ihr seid Bäume!«, schrie der Lehrer, der vor Schreck die letzte Perle fallen gelassen hatte.

Na schön, dann waren wir eben achtzehn Bäume, die dem Lehrer halfen, seine Perle wiederzufinden. Nur dass wir ja die Augen nicht aufmachen durften, machte alles ein bisschen kompliziert. Es gab ganz schön viel Geknuffe und Geschubse in dem Wald, in dem es angeblich so still und ruhig sein sollte.

Mika hat die Perle dann gefunden, aber das fanden wir nicht fair, weil er bestimmt gespickt hatte. Und sowieso hätte er sie nicht gefunden, wenn er nicht draufgetreten wäre. Hinterher waren es zwei halbe grüne Perlen statt einer ganzen, aber als Mika sie dem Lehrer brachte, lächelte der trotzdem, und wir wunderten uns.

»Geschafft!«, rief der Lehrer. Dann sprang er auf und tanzte herum und schlenkerte das Lederbändchen durch die Luft. Tatsächlich waren, außer der grünen, wieder alle Perlen drauf, und irgendwo dazwischen sah man einen festen Knoten. Dass der Lehrer den mit seinen zittrigen Fingern hingekriegt hatte, überraschte uns beinahe so sehr wie sein entsetzter Blick, als er mit dem Bändchen am Türgriff hängen blieb. Wir halfen ihm natürlich wieder alle und sammelten die Perlen ein. Der Lehrer legte sie zurück in das Schächtelchen, wo schon die zwei halben grünen Perlen lagen. Dabei lächelte er die ganze Zeit. Ich glaube, er freute sich, dass er am nächsten Tag wieder was aufzufädeln hatte.

Wir fanden das neue Fach alle sehr spannend und überlegten uns auch gleich einen Namen dafür. »So-ein-Pech-aber-auch« fanden wir am passendsten.

Die Einladung

Es war der Anfang der zweiten Stunde am zweiten Schultag, und der Lehrer zählte wieder die Perlen an dem Lederbändchen. Er hatte es in der ersten Stunde repariert, während wir auf dem Schulhof seine Brieftasche suchten. Komisch, dass er dachte, er hätte seine Brieftasche auf dem Schulhof verloren, obwohl sie doch die ganze Zeit vor ihm auf seinem Lehrertisch lag.

Auf dem Tisch lag auch ein Brief.

»Ich glaube, der Lehrer wird wieder erpresst«, flüsterte Hanna.

»Ich glaube, der Lehrer ist verliebt«, flüsterte Tiina.

»Quatsch! Der Lehrer kann gar nicht verliebt sein, er ist schließlich verheiratet«, flüsterte ich. Tiina muss man einfach alles erklären.

Dann hatten wir leider keine Zeit mehr, uns über

den Brief zu streiten, weil der Lehrer ihn nämlich öffnete und vorlas.

»Liebe Schüler!
Die Stadt veranstaltet auch in diesem Jahr eine Schülerolympiade, zu der auch eure Schule herzlich eingeladen ist. Jede Schule stellt zwei Schüler, die ihre Schule im fairen sportlichen Wettstreit vertreten. Die Schülerolympiade findet in zwei Wochen statt.«

Der Lehrer steckte den Brief in den Umschlag zurück und seufzte. Dann schob er zwei rote Perlen und eine weiße an dem frisch verknoteten Lederbändchen entlang.

»Schön«, sagte er. »Wer meldet sich freiwillig für die Schulausscheidung?«

Wir meldeten uns natürlich alle, außer Pekka, der sich nie mehr melden wollte, seit er wusste, dass wir dafür, dass wir in die zweite Klasse gingen, kein Geld bekamen.

»Dann müssen wir losen«, sagte der Lehrer, als er die vielen in die Luft gereckten Arme sah.

Er schrieb unsere Namen auf kleine Zettel und steckte sie in das Schächtelchen, in dem er seine

Perlen aufbewahrte, wenn sie nicht gerade an dem Lederbändchen hingen, so wie jetzt.

Mika durfte die Glücksfee sein. Er kniff die Augen zu und nahm zwei Zettel aus der Schachtel.

»Timo«, las der Lehrer vor, was auf dem ersten Zettel stand.

»Ich hab's gewusst«, sagte Timo.

»Pekka«, las der Lehrer vor, was auf dem zweiten Zettel stand.

»Ich hab's gewusst«, brummte Pekka. »Dabei hab ich mich nicht mal gemeldet.«

Der Lehrer schob fünf Perlen an dem Lederbändchen entlang, Timo warf jubelnd die Hände in die Luft, und Pekka war sauer.

»Halt, Moment!«, rief der Lehrer plötzlich. »In der Einladung stand doch, dass es ein Junge und ein Mädchen sein müssen.«

Keiner von uns konnte sich erinnern, dass so was in dem Brief gestanden hatte, aber der Lehrer war sich ganz sicher. Schade war nur, dass wir es nicht selber nachlesen konnten, denn komischerweise war der Brief auf einmal verschwunden. Also mussten wir noch mal losen. Und diesmal durfte der Lehrer selbst die Glücksfee sein.

Er mischte die Zettel sehr sorgfältig, bevor er wieder zwei aus dem Schächtelchen nahm.

»Tiina«, las er vor, was auf dem ersten Zettel stand.

Dann schaute er erst den zweiten Zettel an, dann uns und dann Pekka, der immer noch sauer war.

»Es ist wie verhext«, sagte der Lehrer.

»Mit Mädchen will ich schon mal gar nicht«, brummte Pekka, und der Lehrer schob acht Perlen an dem Lederbändchen entlang, bevor er wieder etwas sagte.

»Hört zu«, sagte er schließlich, »ich hab's mir überlegt. Man kann nicht durch das Los bestimmen, wer an einer Schülerolympiade teilnimmt. Das wäre nicht fair. Bei einer Schülerolympiade müssen die Geschicktesten und Klügsten antreten und sonst niemand.«

Dann zerriss er das Perlenbändchen. Diesmal mit voller Absicht! Das wunderte uns ein bisschen, aber dann fing er an, die Perlen in der Klasse auszuteilen.

»Aufgepasst!«, sagte er. »Ihr versucht jetzt der Reihe nach, den Papierkorb zu treffen.«

Da verstanden wir.

Ich bekam eine rote Perle. Mika bekam eine gelbe und fing an zu weinen, weil er lieber eine blaue gehabt hätte. Mika ist eine alte Heulsuse.

Wir warfen der Reihe nach, wie der Lehrer gesagt hatte, und es machte Spaß.

Timo traf oben die Lampe, und Tiina traf vorne die Tafel. Mika konnte nichts treffen, weil er seine Perle in den Mund gesteckt und verschluckt hatte, und dann fing er wieder an zu weinen, diesmal weil er nicht mitmachen durfte. Hanna traf den Lehrer an der Stirn, und ich traf die Decke über dem Waschbecken, von dem meine Perle dann in den Papierkorb sprang. Die anderen trafen alles Mögliche, und irgendwann war das ganze Klassenzimmer voller hüpfender und rollender bunter Perlen.

Als Letzter war Pekka dran.

»Muss ich auch?«, fragte er.

»Auf keinen Fall«, sagte der Lehrer.

»Gut«, sagte Pekka und schnipste seine schwarze Perle vom Tisch. Wir wunderten uns ehrlich gesagt überhaupt nicht, als sie direkt im Papierkorb landete.

»Es muss ein Fluch sein«, seufzte der Lehrer.

Dann wunderten wir uns ein bisschen, dass er

uns wieder seine Brieftasche suchen schickte, obwohl wir genau sahen, dass sie immer noch auf seinem Tisch lag. Unser Lehrer war in den Ferien sehr vergesslich geworden, fanden wir. Oder er war schon im Stress wegen der Olympiade.

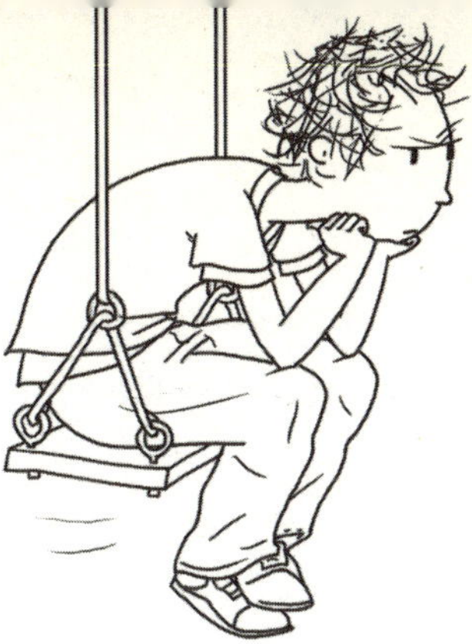

Pekkas Problem

Pekka hockte auf der Schaukel auf dem Schulhof und war sauer. Es sah komisch aus, wie siebzehn Kinder vor der Schaukel Schlange standen, auf der Pekka saß und nicht mal schaukelte. Er sei nämlich im Schaukelstreik, sagte er.

»Was ist denn los mit dir?«, fragte ich Pekka.

»Ich antworte nicht, ich bin auch im Antwortstreik«, sagte Pekka.

»Gerade hast du aber geantwortet«, sagte Timo, der als Erster in der Schlange stand. Timo merkt alles und ist unser Klassengenie.

»Und warum streikst du?«, fragte ich.

»Weil das hier keine Universität ist«, sagte Pekka.

»Aha«, sagte Hanna und hielt ihm eine Faust unter die Nase. »Und weißt du, was das hier ist?« Hanna stand hinter Timo als Nächste an. »Das ist das, was du gleich auf die Nase kriegst, wenn du nicht machst, dass du von der Schaukel runterkommst.«

»Warum wär's dir denn lieber, wenn das hier die Universität wäre?«, fragte ich Pekka.

»Weil ich so schnell wie möglich meinen Abschluss als Ingenieur machen will«, sagte Pekka.

»Du solltest lieber einen Abschluss als Notarzt machen, wenn du nicht bald andere auf die Schaukel lässt«, sagte Tiina, die hinter Hanna als Dritte in der Schlange stand.

»Wozu brauchst du so schnell wie möglich einen Abschluss als Ingenieur?«, fragte ich.

»Die Fragerei ist ja schlimmer als bei Rotkäppchen, ich geb's auf«, seufzte Timo und ging.

»Damit ich Sachen reparieren kann«, sagte Pekka.

»Was für Sachen?«, fragte ich.

»Seine Nase zum Beispiel«, sagte Hanna.

»Sag ich nicht«, sagte Pekka. »Ich sag doch, ich bin im Antwortstreik.«

Pekka verschränkte die Arme vor der Brust, und jetzt waren es auch die anderen leid, Schlange zu stehen, und gingen hinter Timo her. Pekka und ich waren allein.

»Sag doch: Was für Sachen willst du reparieren können?«, fragte ich.

»Unseren Haushalt«, antwortete Pekka.

»Wieso euren Haushalt?«, fragte ich.

»Weil er kaputt ist. Ich komme aus einem kaputten Haushalt«, sagte Pekka.

»Was soll das denn heißen?«

»Unsere Nachbarin sagt das. Ich glaube, sie meint den Bilderrahmen, der kaputtging, als meine Mutter ausgezogen ist«, erklärte Pekka. Er zog einen kleinen Schraubenschlüssel aus der Hosentasche und zeigte ihn mir. »Ich muss Sachen reparieren lernen und außerdem Geld für mehr Werkzeug sparen.«

»Aha. Und darum willst du unbedingt an die Universität, und weil wir's hier nicht sind, bist du im Streik«, sagte ich.

»Ingenieure können alles reparieren, und wenn sie streiken, kriegen sie mehr Geld«, sagte Pekka.

Ehrlich gesagt, fand ich Pekka ziemlich niedlich. Er war ganz aufgeregt und schraubte mit seinem Schraubenschlüssel an den Muttern des Schaukelsitzes herum, bis der Sitz auf den Boden fiel und er natürlich mit. Da fand ich ihn noch niedlicher.

»Ich finde es schön, dass du mein Partner bei der

Schulausscheidung bist«, sagte ich, während wir nach drinnen gingen.

»Obwohl ich aus einem kaputten Haushalt komme?«, fragte Pekka ungläubig.

»Vielleicht kriegen die Gewinner ein Preisgeld«, sagte ich. »Wie viel bräuchtest du denn?«

»Ungefähr eine Million vielleicht. Dann könnte ich auch noch einen guten Schraubenzieher kaufen«, sagte Pekka und lächelte zum ersten Mal, seit die Schule wieder angefangen hatte.

Ich hatte plötzlich so ein komisches Gefühl, dass ich drauf und dran war, mich in ihn zu verlieben.

Die Schulausscheidung

Wir standen in der Turnhalle, Pekka und ich und die Siegerpaare aus den anderen Klassen. Heute sollte die Schulausscheidung sein. Das Team, das die gewann, durfte unsere Schule bei der Schülerolympiade vertreten. Die Direktorin stand vorne am Mikrofon, und unser Lehrer stand neben ihr. Der Lehrer hatte die Perlen wieder auf das Lederbändchen gefädelt, aber es waren deutlich weniger als früher.

Ich schloss die Augen und stellte mir vor, die Direktorin wäre eine Pastorin und Pekka und ich würden heiraten. Ich hätte Pekka gern an der Hand gehalten, aber Pekka wollte nicht. Er war anscheinend im Händchenhaltestreik. Sonst war Pekka aber überhaupt nicht mehr im Streik. Er war richtig begeistert, dass wir an der Ausscheidung teilnehmen durften.

»Was glaubst du, kriegen die Gewinner bei der

Olympiade mehr oder weniger als eine Million?«, flüsterte er mir zu.

»Ja, ich will«, seufzte ich.

»Wenn es mehr ist, könnte ich außer dem Schraubenzieher auch noch ein paar neue Schrauben kaufen«, sagte Pekka.

Pekka war so gescheit!

Dann hielt die Direktorin eine Rede. Sie sagte, es sei eine Ehre, seine Schule bei der Schülerolympiade zu vertreten. Beim Wettkampf mit den anderen Schulen gebe es dann drei Disziplinen: ein Gedicht aufsagen, Sackhüpfen und Kochen. Die Vertreter unserer Schule würden in einem Quizspiel ausgewählt.

»Kriegt man das Geld in bar, oder muss man eine Kontonummer angeben?«, wollte Pekka wissen.

»Welches Geld?«, wunderte sich die Direktorin.

»Das, mit dem ich einen Schraubenzieher und acht Schrauben kaufe. Oder neun, wenn das Geld reicht«, sagte Pekka.

»Aha«, sagte die Direktorin.

»Ich komme nämlich aus einem kaputten Haushalt«, erklärte Pekka.

»Sind das die Besten aus deiner Klasse?«, fragte

die Direktorin unseren Lehrer und zeigte mit dem Finger auf Pekka und mich.

»Die absolute Spitze«, versicherte der Lehrer und verschob drei gelbe und eine braune Perle an dem Lederbändchen. Dann überlegte er einen Augenblick und schob die braune Perle an ihren alten Platz zurück.

»Das Quiz beginnt! Wer am schnellsten antwortet, bekommt einen Punkt«, verkündete die Direktorin.

Sie raschelte mit dem Blatt Papier, von dem sie ablas, und hüstelte leise.

»Wie viel ist tausend mal tausend?«, fragte sie dann.

»Eine Million wär schon nicht schlecht, egal ob in bar oder aufs Konto«, flüsterte Pekka mir zu.

»Eine Million! Sehr gut! Ein Punkt für das Team aus der 2A!«, rief die Direktorin.

»Haben wir schon gewonnen?«, fragte Pekka.

Unser Lehrer ließ jetzt das Bändchen mit den Perlen um seinen Zeigefinger kreisen, dass es aussah wie ein Propeller.

»Die zweite Frage ...«, begann die Direktorin, aber sie kam nicht weiter, weil plötzlich das Perlenbändchen vom Zeigefinger des Lehrers zum Basketballkorb über seinem Kopf hinaufflog.

»Musst du dauernd mit diesem albernen Ding herumspielen?«, fragte die Direktorin streng.

»Das hat mir der Schularzt verschrieben«, sagte der Lehrer und ging zu der Ecke der Halle, in der die Sportgeräte aufbewahrt werden.

»Die zweite Frage ...«, begann die Direktorin noch einmal, aber keiner hörte ihr mehr zu, weil alle gespannt beobachteten, wie unser Lehrer mit einer Hochsprunglatte kam und sein Perlenbändchen vom Basketballkorb herunterangeln wollte. Aber es hatte sich leider im Netz verfangen und wollte sich einfach nicht lösen, da konnte der Lehrer machen, was er wollte.

»Lass mich mal!«, seufzte die Direktorin und nahm dem Lehrer die Hochsprunglatte aus der Hand.

»Aber pass auf, es könnte ...«, sorgte sich der Lehrer, als die Direktorin mit dem Ende der Latte an dem Bändchen zerrte.

»... reißen«, fuhr der Lehrer fort, aber da war das Bändchen schon gerissen, und die Perlen hüpften durch die Halle.

Wir halfen natürlich alle, sie wieder einzusammeln. Schließlich konnten wir unseren Lehrer nicht im Stich lassen.

»Eine fehlt noch«, sagte er, als er nachgezählt hatte, aber die fand zum Glück die Direktorin, die auf dem Weg zurück zum Mikrofon darauf ausrutschte.

Wir waren froh, dass der Direktorin dabei nichts wirklich Schlimmes passierte. Die Schulkrankenschwester sagte jedenfalls, in spätestens einer Woche wäre sie wieder ganz die Alte.

»Womit hab ich das verdient!«, seufzte der Lehrer. Ich glaube, er war traurig, dass wieder eine Perle kaputt war.

Ich selber aber war richtig glücklich, und Pekka war es auch. Weil es nämlich keine weiteren Quizfragen gab, hatten wir die Schulausscheidung gewonnen.

Der stellvertretende Direktor

Wir wunderten uns, als unser Lehrer am nächsten Morgen einen feinen Anzug trug.

»Ich verlange Respekt«, sagte er. »Ich vertrete die Direktorin, bis die Direktorin wieder gesund ist. Man könnte demnach sagen, ich bin der stellvertretende Direktor«, fuhr er fort.

Wir hatten natürlich ganz unheimlichen Respekt. Und wir fanden alle, dass der Lehrer sehr elegant aussah. So elegant, dass es nicht mal störte, dass er zwei verschiedene Schuhe trug.

»Pekka und ich sind so gut wie verheiratet, nicht weitersagen!«, flüsterte ich Hanna zu.

»Du und Pekka? Hast du sie noch alle?«, fragte Hanna.

»Pekka ist toll«, sagte ich.

»Und unser Lehrer ist der Präsident von Finnland«, zischte Hanna.

»Unser Lehrer ist der Präsident von Finnland?«, fragte Pekka. »Vielleicht erklärt das ja die komischen Schuhe«, überlegte er.

»Pekka kommt aus einem kaputten Haushalt, das muss man wissen, um ihn zu verstehen«, flüsterte ich Hanna zu.

»Ich weiß nur, dass deine Ideen aus einem kaputten Kopf kommen«, sagte Hanna.

»Auch sonst sieht er komisch aus«, murmelte Pekka.

Und das stimmte. Ich hatte erst gar nicht gemerkt, dass der Lehrer zu seinem Anzug keine Krawatte trug. Stattdessen trug er das Perlenbändchen um den Hals. Und Pekka hatte es als Erster gemerkt.

Pekka war so scharfsichtig!

Den Rest des Tages spielten wir ein neues Spiel: Zuerst befestigte der Lehrer ein Schild an der Klassenzimmertür, darauf stand: *Stellvertretender Direktor*. Dann gingen wir alle nach draußen, klopften der Reihe nach an, und der Lehrer rief:

»Draußen bleiben, ich bin beschäftigt!«

Die ganze Zeit durfte nie jemand eintreten. Das fanden wir alle sehr lustig. Unser Lehrer ist manchmal richtig gut im Spiele-Erfinden.

Unser Lehrer als Bestimmer

Unser Lehrer war die ganze Woche gut gelaunt. Am Montag bestimmte er, dass wir ihn »Herr Direktor« nennen sollten. Am Dienstag bestimmte er, dass wir uns vor ihm verbeugen und mit der Stirn die Knie berühren sollten, wann immer er an uns vorüberging. Am Mittwoch bestimmte er, dass die Köchin ihm sein Essen so auf dem Teller anrichten musste, dass die Fischstäbchen und der Kartoffelbrei sich nicht berührten. Am Donnerstag bestimmte er, dass der Hausmeister kommen und ihm die Tasche aus dem Klassenzimmer ins Lehrerzimmer tragen musste, und auf dem Rückweg genauso. Am Freitag hatte er dann den Verdacht, dass die anderen Lehrer an der Schule einen Aufstand gegen ihn planten.

Der Lehrer hatte uns gerade zu seiner Leibgarde bestimmt, als die richtige Direktorin zurückkam.

»Und? Wie seid ihr so zurechtgekommen?«, wollte

sie wissen, als sie uns in unserem Klassenzimmer besuchte.

»So weit ganz gut«, sagte der Lehrer und nahm schnell die Krone aus Goldpapier vom Kopf, die er seit dem Morgen trug.

»So sieht es aus«, sagte die Direktorin und schaute uns an. Sie runzelte die Stirn, in deren Mitte, glaube ich, ein großes Pflaster klebte. Wir standen immer noch tief gebückt im Kreis um den Lehrer und schworen ihm ewige Treue, darum war es ein bisschen schwer, nach oben zu sehen.

»Ihr könnt jetzt aufstehen, die Geschichtsstunde ist zu Ende«, sagte der Lehrer.

»Stürmen wir nicht das Lehrerzimmer?«, fragte Timo traurig.

»Was für eine blühende Fantasie!«, sagte der Lehrer und lächelte der Direktorin zu.

Wir fanden es jammerschade, dass wir jetzt doch keinen Aufstand der anderen Lehrer verhindern durften. Dabei hatten wir alles so gut geplant.

Als die Direktorin gegangen war und der stellvertretende Direktor sich in unseren normalen Lehrer zurückverwandelt hatte, fiel ihm die Schülerolympiade wieder ein.

»Schrecklich, die Schülerolympiade findet ja schon nächste Woche statt«, sagte er und schaute erst Pekka an und dann mich. Dann verschob er zwei Perlen an dem Bändchen, das er wieder abgenommen hatte. »Kann einer von euch beiden Gedichte aufsagen?«, fragte er schließlich.

Wir schüttelten den Kopf, und er verschob wieder zwei Perlen an dem Bändchen.

»Kann einer von euch beiden Sackhüpfen?«

Wir schüttelten den Kopf, und er verschob noch zwei Perlen an dem Bändchen.

»Kann einer von euch beiden kochen?«

Wir schüttelten den Kopf, und er schob noch zwei Perlen hinterher.

»Aber ich kann mit der Zunge meine Nasenspitze berühren«, sagte Pekka und machte es uns vor.

Pekka war so geschickt!

»Und ich kann den Anfang der Nationalhymne auf der Balalaika spielen«, sagte ich. Aber im Gegensatz zu Pekka konnte ich es leider nicht vormachen, weil ich natürlich keine Balalaika dabeihatte.

Der Lehrer ließ die Perlen los und schaute in die Klasse. »Wir müssen anfangen zu trainieren«, sagte er entschlossen.

Das erste Training

»Wir beginnen mit dem Sackhüpfen«, sagte der Lehrer. »Das sollte am einfachsten sein.«

Wir waren auf dem Schulhof. Außer Pekka und mir mussten alle die Brieftasche des Lehrers suchen, obwohl wir genau wussten, dass sie wieder auf seinem Lehrertisch lag. Aber wir sagten nichts.

Der Lehrer gab Pekka und mir einen großen Sack aus grobem Stoff.

»Soll da eine Million reinpassen?«, fragte Pekka.

»Es reicht, wenn ihr zwei hineinpasst. Der Sack ist nämlich zum Hüpfen gedacht«, sagte der Lehrer.

»Alles klar«, sagte Pekka, zog sich den Sack über den Kopf und hüpfte los.

Pekka war unheimlich schnell im Hüpfen. Der Lehrer bekam ihn erst zu fassen, als er mit der Direktorin zusammenstieß, die gerade die Rosenhecke neben dem großen Eingangstor goss.

»Für den Wettkampf feilen wir noch an der Technik«, sagte der Lehrer.

»Hab ich die Million schon gewonnen?«, fragte eine dumpfe Stimme.

»Vielleicht ist es besser, wenn ich euch erst mal zeige, wie es geht«, sagte der Lehrer und zog Pekka den Sack vom Kopf.

Der Lehrer stieg mit den Füßen in den Sack, zog ihn sich mit den Händen bis zum Bauch und begann zu hüpfen. Der Lehrer hüpfte toll. Er hüpfte so toll, dass alle aus unserer Klasse aufhörten, seine Brieftasche zu suchen, und kamen, um ihn anzufeuern. Die Direktorin hörte zum zweiten Mal auf zu gießen und schaute dem Lehrer hinterher.

»Du hüpfst zu hoch!«, rief sie.

»Aus dir spricht der Neid!«, rief der Lehrer zurück.

Da stellte die Direktorin die Gießkanne ab und ging zum Geräteschuppen und holte sich einen eigenen Sack. Dann hüpften sie beide, der Lehrer und die Direktorin. Der Lehrer hüpfte hoch und die Direktorin niedrig, und wir jubelten ihnen zu.

»Siehst du, niedrige Sprünge sind schneller!«, rief die Direktorin schon ganz außer Atem.

»Hohe Sprünge gehen weiter!«, rief der Lehrer schon ganz außer Puste.

»Niedrige sind besser!«, rief die Direktorin.

»Hohe sind besser!«, rief der Lehrer.

Wir stoppten die Zeit, während der Lehrer und die Direktorin ums Schulhaus herum um die Wette hüpften. Es war toll. Alle anderen Schüler und Lehrer unserer Schule standen inzwischen an den Fenstern und jubelten mit uns mit.

Gewonnen hätte die Direktorin. Sie stürzte nur leider im letzten Moment über die Gießkanne, die sie bei der Rosenhecke hatte stehen lassen. Zum Glück passierte ihr nichts wirklich Schlimmes. Die Schulkrankenschwester sagte, ein Monat in der Schlinge, und der Arm wäre wieder heil.

»Ich kann dich gern vertreten, wenn du zu Hause bleiben möchtest«, schlug unser Lehrer der Direktorin vor.

Unser Lehrer ist ganz schön großzügig.

Die Direktorin wollte aber nicht zu Hause bleiben. Eher käme sie mit beiden Armen in der Schlinge in die Schule, bevor unser Lehrer noch einmal ihr Stellvertreter würde, sagte sie.

Unsere Direktorin ist manchmal schon komisch.

Es war ein schönes Wetthüpfen gewesen. Schlimm fanden wir nur, dass der Lehrer dabei sein Perlenbändchen abgerissen hatte. Zum Glück fand Timo noch ein paar Perlen, bevor die Elstern sie alle aufgepickt hatten. Und das Lederbändchen fand er am Ende auch.

»Das Sackhüpfen haben wir, glaube ich, genug trainiert«, sagte der Lehrer und betrachtete die vier Perlen, die ihm Timo in die Hand gelegt hatte. Mehr waren leider nicht mehr übrig.

»Schwierige Sportart«, sagte Pekka.

Das zweite Training

»Sieh mal«, sagte Pekka. Er zeigte mir ein Foto. Auf dem Foto waren Pekkas Mutter, Pekkas Vater und Pekka. Pekkas Mutter kam mir irgendwie bekannt vor. Pekkas Mutter und Vater lächelten. Pekkas Gesichtsausdruck war schwer zu erkennen, denn sein Gesicht war mit Schlagsahne bedeckt. Die Schlagsahne stammte von dem Kuchen auf dem Foto, in dem noch ein Gesichtsabdruck zu sehen war. Auf dem Kuchen waren sechs Kerzen, von denen zwei noch standen.

»Du bist niedlich«, sagte ich zu Pekka. Wir waren bei ihm zu Hause und wollten Gedichte-Aufsagen und Kochen trainieren.

»Ich meine den Rahmen«, sagte Pekka und nahm mir das Foto aus der Hand. Der Rahmen war kaputt. Die obere und untere Leiste fehlten, und das Glas war zersprungen.

»Ich muss ihn reparieren«, sagte Pekka und klopfte mit seinem kleinen Schraubenschlüssel darauf.

Pekka sah traurig aus. Ich hätte ihn gerne auf die Wange geküsst, aber er war im Kussstreik. Außerdem fand Pekka Küssen doof.

Pekka war so bestimmt in seinen Ansichten!

Wir begannen mit den Gedichten, und ich fand es sehr romantisch. Wir zwei ganz allein, und wir sagten uns gegenseitig Gedichte auf. Ich sah Pekka tief in die Augen, und er begann:

»Die Ziege läuft den Berg hinauf
und wackelt mit dem Bärtchen.
Da springt ein kleiner Schneider auf,
denkt, es wär ein Pferdchen.«

Ich fand es ein gutes Gedicht, obwohl es mir ein bisschen zu wenig romantisch war.

»Es ist das Einzige, das ich auswendig kann«, sagte Pekka.

»Vielleicht müsste man ein bisschen was mit Liebe dazudichten. In Gedichten geht es oft um Liebe«, schlug ich vor.

»Moment«, sagte Pekka ...

»Die Ziege läuft den Berg hinauf
und wackelt mit dem Bärtchen.
Da taucht auf einmal Batman auf,
knutscht ein kleines Pferdchen.«

So fand ich es schon viel besser.

Als Nächstes trainierten wir Kochen. Pekka schlug vor, dass wir Cornflakes zubereiteten. Das war eine gute Idee. Ich schüttete Cornflakes in eine Schüssel, und Pekka brachte eine Tüte Milch. Nachdem wir die meiste Milch vom Tisch und vom Boden aufgewischt hatten, goss ich den Rest aus der Tüte zu den Cornflakes, und das Essen war fertig.

»Lecker«, sagte ich.

»Genau richtig knusprig«, sagte Pekka anerkennend.

»Das Aroma der Milch schmeckt angenehm heraus«, bemerkte ich.

»Vielleicht ein Hauch zu wenig Zucker?«, fragte Pekka.

»Könnte gut sein«, sagte ich, und wir gaben jeder acht Löffel voll dazu.

»Glaubst du, wir gewinnen?«, fragte Pekka mit vollem Mund.

»Bestimmt«, versicherte ich und gab noch einen Löffel Zucker dazu.

Wir waren bereit.

Der Wettkampf, erster Teil

Wir waren aufgeregt, aber am aufgeregtesten war unser Lehrer, der nervös an dem Bändchen mit den vier Perlen herumfummelte, die er inzwischen wieder aufgefädelt hatte. Der Lehrer, die Direktorin und alle Schüler unserer Schule waren ins Sportstadion gekommen, um uns anzufeuern. Die erste Disziplin war Sackhüpfen.

Es waren noch mindestens tausend Schüler von anderen Schulen da. Überall wehten Fahnen, und von überallher hörte man Anfeuerungsrufe.

»Pekka, du schaffst es!«, riefen die Jungen aus unserer Klasse.

»Ella, du schaffst es!«, riefen die Mädchen aus unserer Klasse.

Die Wettkampfteilnehmer standen in einer Reihe an der Startlinie. Pekka und ich stiegen in den Sack, in dem wir zusammen hüpfen sollten.

»Hohe Sprünge!«, flüsterte der Lehrer.

»Niedrige Sprünge!«, flüsterte die Direktorin.

»Haltet den Sack gut fest!«, riet der Lehrer.

»Haltet den Sack schön locker!«, riet die Direktorin.

»So nicht!«, sagte der Lehrer.

»So schon gar nicht!«, sagte die Direktorin.

»Ich zeig's euch«, sagte der Lehrer und hob Pekka aus dem Sack.

»Nein, *ich* zeig's euch«, sagte die Direktorin, hob mich aus dem Sack und kletterte mit dem Lehrer hinein.

Genau da ertönte der Startschuss. Der Lehrer und die Direktorin hüpften, was das Zeug hielt, und wir alle feuerten sie natürlich an.

Alle außer Pekka.

»Ich mach bei überhaupt gar nichts mehr mit, wenn die jetzt meine Million gewinnen«, sagte er sauer.

Der Lehrer machte hohe Sprünge und die Direktorin niedrige. Die Erde bebte unter ihnen. Und das Publikum jubelte. Wir jubelten auch.

Schade war nur, dass der Lehrer und die Direktorin in entgegengesetzte Richtungen hüpften. So bewegten sie sich nämlich nicht vom Fleck. Erst als der Sack in der Mitte auseinanderriss und sie beide auf die Nase fielen.

Zum Glück passierte ihnen nichts wirklich Schlimmes. Die Schulkrankenschwester sagte, ein paar Wochen, dann wäre der Knöchel der Direktorin wieder heil. Und unser Lehrer freute sich, dass wir wenigstens eine von seinen Perlen wiederfanden und sogar das Lederbändchen, das beim Hüpfen abgerissen war.

So konnten sie es beide verschmerzen, dass sie wegen falschem Hüpfen disqualifiziert worden waren.

Schade war nur, dass Pekka und ich nicht mehr hüpfen durften, denn das Sackhüpfen fand natürlich nur einmal statt. Zum Glück waren noch zwei Disziplinen übrig.

»Glaubst du, wir können noch gewinnen?«, fragte Pekka.

»Bestimmt«, sagte ich und hätte Pekka umarmt, wenn er nicht gerade im Umarmungsstreik gewesen wäre.

Pekka war immer so konsequent!

Der Wettkampf, zweiter Teil

Als Nächstes war das Kochen an der Reihe. Wir waren mit den anderen Wettkampfteilnehmern zusammen in einer großen Küche. Zu unserer Überraschung waren nirgendwo Cornflakes zu sehen. Stattdessen bekamen wir Eier, Mehl und Zucker. Daraus sollten wir einen Kuchen backen.

»Kannst du Kuchen backen?«, fragte ich Pekka.

»Natürlich kann ich das. Ich hab doch mal in der Küche gearbeitet«, erinnerte mich Pekka.

Das stimmte. Auf der Klassenfahrt in der Ersten hatte Pekka in einem Restaurant ausgeholfen und Überraschungsspaghetti zubereitet.*

»Wahrscheinlich müssen wir nur alles gut miteinander vermischen«, vermutete ich.

* Wer die Geschichte nachlesen will: Sie steht im Band 1 der Ella-Bücher, »Ella in der Schule«, im Kapitel »Im Restaurant«.

Ich mischte das Mehl und den Zucker, und Pekka schlug die Eier auf. Schade war nur, dass wir es nicht mehr schafften, sie vom Boden aufzukratzen. Dafür nahmen wir mehr Zucker. Eine Tüte voll war genau richtig. Der Zucker überdeckte angenehm den Mehlgeschmack.

Gerade als wir alles auf ein Backblech geben wollten, kamen ein schnurrbärtiger Onkel und eine bärtige Tante in unseren Teil der Küche. Sie hatten beide Sonnenbrillen auf. Der Onkel trug ein Lederbändchen um den Hals, an dem nur eine einzige Perle hing. Es sah genauso aus wie das von unserem Lehrer. Die Tante hatte einen Arm in der Schlinge und einen bandagierten Fuß. Genau wie unsere Direktorin. Das fanden wir einen komischen Zufall.

»Psst!«, sagte der schnurrbärtige Onkel und schaute nervös um sich.

»Psst!«, sagte auch die bärtige Tante und reichte uns zwei Eier, die sie in der Schlinge versteckt hatte.

»Lasst mich schnell einen Blick auf den Kuchen werfen!«, flüsterte der schnurrbärtige Onkel.

»Ist denn überhaupt kein Mehl in eurem Teig?«, fragte die bärtige Tante.

Dann mischte der Onkel Mehl in den Teig und die Tante Eier. Der Teig sah toll aus. Beinahe wie ein echter.

»Zu viele Eier«, sagte der Onkel, nachdem er gekostet hatte.

»Zu viel Mehl«, sagte die Tante, nachdem sie gekostet hatte.

»Geschmacksache«, sagte der Onkel, nachdem er noch mehr gekostet hatte.

»Mag sein«, sagte die Tante.

»Ziemlich lecker«, sagte der Onkel.

»Nicht schlecht«, sagte die Tante.

Sie kosteten so lange von dem Teig, bis nur noch ein winziger Klumpen am Boden der Teigschüssel klebte.

»Der wird im Ofen schon aufgehen«, tröstete uns die Tante, gab das Klümpchen auf ein Backblech und schob es in den Ofen.

Alles wäre gut gegangen, hätte sich nicht der Bart der Tante in der Ofentür verklemmt. Als sie nämlich aufstand, riss er ab.

Zum Glück passierte nichts wirklich Schlimmes. Die Schulkrankenschwester sagte, zwei, drei Tage gut mit Salbe eingeschmiert, dann wären die Wun-

den, wo die Direktorin den Bart ein bisschen zu fest angeklebt hatte, verheilt.

Pekka und ich waren echt überrascht, dass die bartlose Tante in Wirklichkeit die Direktorin und der schnurrbärtige Onkel unser Lehrer war. Dabei waren sie doch längst disqualifiziert.

Schade war nur, dass auch unser Kuchen disqualifiziert wurde. Wir fanden das ungerecht. Vielleicht lag es aber an dem Lederbändchen mit der Perle. Wir wunderten uns alle, als es in dem fertigen Kuchen auftauchte. Aber am meisten wunderte sich wahrscheinlich das Mitglied des Kampfgerichts, das auf die Perle biss.

»Meinst du, wir haben noch eine Chance?«, fragte Pekka.

»Abgerechnet wird zum Schluss«, sagte ich und hätte ihm die strubbeligen Haare gestreichelt, wenn er nicht gerade im Streichelstreik gewesen wäre.

Pekka sah aber auch mit Strubbelhaaren sehr gepflegt aus!

Pekkas Gedicht

Vor dem Gedichte-Aufsagen in der großen Festhalle lagen wir auf dem letzten Platz.

»Das war's dann wohl mit der Million«, sagte Pekka traurig.

»Wir kämpfen weiter«, sagte ich.

Wir hörten zu, wie die anderen ihre Gedichte aufsagten. Die waren schön. Und die Wettkämpfer waren auch schön. Die Mädchen trugen Rüschenkleider und die Jungen Fliegen um den Hals.

Als Letzte waren wir dran.

Wir stiegen auf die Bühne. Das Publikum war totenstill. Sogar der Lehrer und die Direktorin schwiegen, aber das lag wahrscheinlich nur daran, dass links und rechts von ihnen zwei Mitglieder des Kampfgerichts saßen und streng guckten.

Ein Scheinwerfer ging an, und Pekka und ich standen im Licht.

Meine Kehle war wie zugeschnürt. Ich bekam kein Wort heraus. Es fühlte sich an, als hätte ich den Mund noch voller Mehl. Zum Glück war Pekka nicht so nervös.

»Ich brauche eine Million«, begann er, und ich wunderte mich. So fing eindeutig nicht das Gedicht an, das wir ausgemacht hatten.

»Ich brauche eine Million,
ich muss was reparieren.
Ich brauche eine Million,
das müsst ihr doch kapieren.

Der Bilderrahmen ging entzwei,
Mama zog bei uns aus.
Mach ich den Bilderrahmen heil,
kommt sie zurück nach Haus.

Mama, Papa und ihr Kind
auf dem Bild zusammen sind.
Dass es jetzt nicht mehr so ist,
ist ein riesengroßer Mist.«

Als Pekka fertig war, blieb es erst mucksmäuschenstill. Dann war ein leises Schniefen zu hören. Es kam von dort, wo der Lehrer und die Direktorin saßen. Und plötzlich brach der Beifall los und wollte überhaupt kein Ende nehmen. Pekka und ich standen die ganze Zeit auf der Bühne. Ich nahm Pekkas Hand, und er war nicht mehr im Händchenhaltestreik.

Pekka war so glücklich.

Das Familienfoto

Wir gewannen den Wettkampf nicht, aber wir bekamen trotzdem einen Preis. Oder eigentlich bekam ihn Pekka. Er bekam einen Preis für das rührendste Gedicht. Der Preis war keine Million. Er bekam überhaupt kein Geld, nur eine gerahmte Urkunde, auf der sein Gedicht gelobt wurde, aber Pekka war trotzdem zufrieden.

»Genau derselbe Rahmen wie der kaputte zu Hause«, stellte er fest und nahm die Urkunde heraus.

Ich war auch zufrieden, denn er gab die Urkunde mir, und ich durfte sie behalten. Dazu gab der Lehrer mir sein Lederbändchen, und es war schön, obwohl keine einzige Perle mehr daran hing.

Der Lehrer schüttelte uns beiden die Hand.

»Gut gemacht«, sagte er. »Ich bin stolz auf euch.«

»Gut gemacht«, sagte auch die Direktorin.

Wir beide fühlten uns schrecklich gut.

Dann waren alle sehr verwundert, als die Direktorin mitteilte, sie würde zu Pekka und seinem Vater zurückziehen. Und noch verwunderter waren wir, als Pekka die Direktorin umarmte und sie »Mama« nannte.

»Heiratet ihr jetzt wirklich, Pekka und du?«, fragte mich Hanna.

»Würdest du den Sohn der Direktorin heiraten?«, fragte ich zurück.

Der Rambo

Der neue Schüler

Unser Lehrer war eigentlich immer sehr nett, aber dann kam der Rambo in unsere Klasse. Er kam einfach so, ohne dass uns jemand gewarnt hätte. Seitdem ist nichts mehr wie früher, auch unser Lehrer nicht.

Eigentlich heißt er Pertti Ryhänen, aber wir nennen ihn den Rambo. Allerdings nur, wenn er nicht in der Nähe ist. Wenn er in der Nähe ist, sagen wir lieber gar nichts, sonst haut er nämlich zu. Der Rambo haut dauernd irgendwen. Wir sind schon alle voller blauer Flecken, nur Pekka nicht. Wir finden das alle komisch, aber so ist es. Pekka haut der Rambo nie.

Pekka ist jetzt übrigens mein Exfreund. Wenn er mir nicht verheimlicht hätte, dass seine Mutter die Direktorin unserer Schule ist, wären wir vielleicht schon so gut wie verlobt. Aber so nicht! Kerle, die mir was verheimlichen, können mir gestohlen bleiben.

»Wisst ihr was?«, fragte Timo neulich in der Pause.

Wir hatten uns wieder mal in der Rosenhecke neben dem großen Eingangstor zum Schulhof vor dem Rambo versteckt. Bis jetzt hatte er das Versteck noch nicht gefunden, aber wir machten uns schon Sorgen, was im Winter sein würde. Als Versteck taugt eine Rosenhecke ohne Blätter ungefähr so gut wie ein Schrank ohne Tür. Allerdings wäre auch ein Schrank ohne Tür tausendmal gemütlicher gewesen als die dornige Rosenhecke. Egal. Ein paar Kratzer waren immer noch besser als blaue Flecken, fanden wir.

»Ich glaube, dass der Rambo gar kein neuer Schüler ist«, fuhr Timo fort.

Timo ist bekanntlich unser Klassengenie und weiß Sachen, von denen unsereins keine Ahnung hat. Aber was er damit sagen wollte, verstand ich beim besten Willen nicht.

»Und wieso nicht?«, fragte ich.

»Weil er überhaupt kein Schüler ist«, sagte Timo und lächelte, als hätte er es mit lauter Dödeln zu tun.

»Und was ist er sonst?«, fragte Pekka.

»Das wissen doch alle«, sagte ich und versuchte, genauso schlaubergermäßig zu lächeln wie Timo. »Der Rambo ist in Wirklichkeit ein geschrumpfter Professor, der das gute Klima an unserer Schule untersucht.«

»Das hab ich nicht gesagt«, sagte Timo unbeeindruckt.

»Genau genommen hast du noch gar nichts gesagt«, moserte Hanna, die sich unter einen besonders dornigen Ast ducken musste.

»Ich hab zufällig gehört, wie der Lehrer und die Direktorin über den Rambo geredet haben«, fuhr Timo fort.

»Ich hab mal gehört, wie meine Mutter mit dem Weihnachtsmann geredet hat, und das Komische war, dass er da noch genau die Stimme meines Vaters hatte«, unterbrach ihn Pekka.

»Kann dem bitte jemand sagen, dass er still sein soll«, moserte Hanna.

»Soll ich jetzt erzählen oder nicht?«, fragte Timo, dem das Schlaubergerlächeln allmählich zu vergehen schien.

»Logisch!«, riefen wir alle gleichzeitig und so laut,

dass die Rosenhecke die ersten gelblichen Blätter verlor.

»Ich hab also gehört, wie der Lehrer und die Direktorin über den Rambo geredet haben«, sagte Timo. »Und die Direktorin hat immer nur den Kopf geschüttelt und gesagt, dass der Rambo kein Junge von diesem Planeten ist«, sagte Timo.

Mit einem Schlag herrschte Totenstille in der Rosenhecke.

Wir sahen einander an.

Ich bekam Gänsehaut.

»Du meinst, er kommt ...?« Tiinas Stimme zitterte, während sie den Blick nach oben richtete, dorthin, wo hinter den Zweigen und Blättern der Rosenhecke der Himmel sein musste, das unendliche Weltall mit seinen Milliarden von unerforschten Planeten.

»Ja, genau das meine ich«, sagte Timo mit belegter Stimme.

»Von da oben?«, versicherte sich Mika.

Timo nickte ernst.

»Das würde einiges erklären«, sagte Hanna, als wir beim Läuten der Schulglocke aus der Hecke krochen.

»Hab ich's mir doch gedacht«, sagte ich, während ich Dornen aus Hannas Pullover und Haaren pflückte.

»Nur eins versteh ich nicht«, sagte Pekka. »Warum haut er immer nur, wenn er doch wahrscheinlich einen Laserblick und all so was hat?«

Boxen und Mathematik

In der nächsten Stunde sahen wir den Rambo mit ganz anderen Augen. Man sieht schließlich nicht jeden Tag einen Außerirdischen aus der Nähe. Dafür, dass er von einem anderen Planeten stammte, sah der Rambo ziemlich normal aus, fand ich.

Er war nicht besonders groß. Er war sogar kleiner als ich, und ich gehöre zu den Kleinsten in der Klasse. Aber vielleicht war die Anziehungskraft auf seinem Planeten besonders groß, dann bleiben die Lebewesen darauf eher klein, hab ich mal gelesen. Er hatte dunkle, strubbelige Haare, ein schmales Gesicht und harte Fäuste, wie wir alle schon zu spüren bekommen hatten. Eigentlich sah er so normal aus, dass man nie darauf gekommen wäre, dass er ein außerirdisches Monster war. Aber uns konnte er nicht mehr täuschen. Wir wussten Bescheid!

Als der Rambo merkte, dass wir ihn alle anstarrten, wurde er nervös.

»Möchtest du eins auf die Nase?«, fragte er Timo, der neben ihm stand und ihn durch das Fernglas betrachtete, das er manchmal mit sich herumschleppt.

»Könnten wir verschiedenen Bewohner des Universums nicht miteinander in Frieden leben?«, fragte Timo und hob zum Zeichen des guten Willens die Hände.

Dafür gab ihm der Rambo eins auf die Nase. Dann trat er Hanna gegen den Knöchel, rammte Mika den Ellenbogen in die Seite und schnippte Tiina sein Lineal gegen die Stirn. Mir haute er auf den Kopf, und ich überlegte mir, wieso es Filme gibt, in denen die Außerirdischen gutherzige, freundliche Kreaturen sind. Ich glaube, E.T. ist von vorne bis hinten erfunden.

»He, und was ist mit mir?«, wunderte sich Pekka, den der Rambo wieder mal nicht getreten oder gehauen hatte. Wenn ich nicht genau gewusst hätte, dass er der Sohn der Direktorin unserer Schule ist, wäre ich mir ziemlich sicher gewesen, dass Pekka auch nicht von unserem Planeten stammt.

»Dich heb ich mir zum Nachtisch auf«, knurrte

der Rambo und setzte sich, genau als unser Lehrer das Klassenzimmer betrat, auf seinen Platz.

Dafür, dass einer seiner Schüler von einem anderen Planeten stammte, benahm sich unser Lehrer ziemlich normal. Er sagte nur, wir sollten aufhören zu jammern und unsere Mathebücher herausholen.

»Pertti, was ist drei mal zwei?«, fragte der Lehrer den Rambo.

»Möchtest du auch eins auf die Nase?«, fragte der Rambo zurück.

»Dafür wären deine Arme zu kurz, selbst wenn du es versuchen würdest«, seufzte der Lehrer. »Aber mal angenommen, deine Arme wären nicht zu kurz – was gäbe es dann, wenn du mir drei mal zwei auf die Nase geben würdest?«

»Hä?«, machte der Rambo.

Das war der Beweis. Wir anderen wussten nämlich alle die richtige Antwort: Wenn man dem Lehrer drei mal zwei auf die Nase geben würde, gäbe es einen Mordsärger und Nachsitzen.

»Klarer Fall«, sagte Hanna und zwinkerte in die Runde.

»Der ist wirklich von weit her gekommen«, sagte Timo.

»Sollten wir vielleicht das FBI zu Hilfe rufen?«, überlegte ich.

»Oder Leonardo di Caprio«, seufzte Tiina.

»Wozu denn den?«, wunderte ich mich.

»Den wollte ich schon immer mal treffen«, seufzte Tiina.

»Ich hab Angst«, winselte Mika.

»Fünf«, rief Pekka und hielt sechs Finger in die Luft.

Den Rest der Stunde machten wir Matheaufgaben, während der Lehrer dem Rambo einen Eintrag ins Klassenbuch schrieb. Es war schon unser zweites Klassenbuch, seit der Rambo bei uns war, weil er dauernd solche Einträge bekam. Wenn es so weiterging, brauchten wir bis zum Ende des Schuljahres noch mindestens fünf Klassenbücher. Vielleicht durfte der Rambo die dann ja behalten, als Erinnerung an sein Leben als ganz normaler Schüler an einer ganz normalen Menschenschule. Dann studierten sie wahrscheinlich irgendwann Wissenschaftler eines weit entfernten Planeten, die wissen wollten, wie es in den Schulen auf dem Planeten Erde zuging. Wenn man sich das so überlegte, war es ganz schön mutig von unserem Lehrer, dass er die Eltern des

Rambos um ein Treffen bat. Timo spickte nämlich nach der Stunde ins Klassenbuch, und da stand unter dem Eintrag für den Rambo:

Treffen mit Pertti Ryhänens Eltern, Freitag 14 Uhr.

Wir waren schrecklich stolz auf unseren Lehrer. Er würde sich ganz allein mit einer ganzen außerirdischen Familie treffen, bewaffnet mit nichts als höchstens einem Zeigestock. Oder hatte er vielleicht eine Geheimwaffe? Jedenfalls bewunderten wir ihn sehr.

»Hört mal«, sagte er noch, bevor er aus dem Klassenzimmer ging, »die Zweite der Kuusilehto-Grundschule hat uns zu einem Fußballspiel herausgefordert. Nehmen wir die Herausforderung an?«

Da schrien wir natürlich alle »Hurra!«, und am lautesten schrie der Rambo. Er sah auch wirklich so aus, als würde er sich freuen, und das wunderte uns. Der Rambo freute sich sonst nie über was und schaute auch immer ganz finster. Das Ganze musste eine Falle sein. Wir beschlossen, der Sache auf den Grund zu gehen.

Das Fußballtraining

In der nächsten Stunde hatten wir Sport, und wir begannen gleich mit dem Fußballtraining. Der Lehrer teilte uns in zwei Mannschaften ein. Mika, Tiina, Timo, Hanna und ich waren in derselben Mannschaft. Pekka war mit dem Rambo in der anderen.

Der Lehrer erklärte uns die Regeln. Eigentlich musste man nur den Ball ins Tor des Gegners schießen, ganz einfach.

Der Lehrer legte den Ball auf den Punkt in der Mitte des Spielfelds. »Keiner berührt den Ball, bevor der Anpfiff ertönt!«, erklärte er.

»Und wie hört sich der an?«, fragte Pekka.

»Guter Versuch«, sagte der Lehrer. »Aber die Nummer kennen wir schon.«*

*Wer nachlesen will, was der Lehrer meint: Es steht im Band 1 der Ella-Bücher, im Kapitel »Im Schwimmbad«.

Im selben Augenblick nahm der Rambo den Ball, klemmte ihn sich unter den Arm und rannte los. Erst rannte er zu Timo und stieß ihn um. Dann stieß er Mika um und anschließend Hanna und anschließend mich, und am Ende hatte er alle aus unserer Mannschaft umgestoßen. Danach stieß er bis auf einen auch noch die eigene Mannschaft um, dann legte er den Ball vor unser Tor und knallte ihn ins Netz. »Tor!«, rief er, »Tor!«, und rannte mit den Händen in der Luft um den Platz.

»Das Tor zählt nicht«, sagte der Lehrer und pfiff auf seiner Trillerpfeife.

Wir anderen hatten uns natürlich alle an die Regeln gehalten und brav auf den Pfiff des Lehrers gewartet. Als er jetzt endlich ertönte, rannten wir los und stürzten uns auf den Ball.

Es muss ziemlich komisch ausgesehen haben, wie wir alle gleichzeitig im Tornetz zappelten. Das heißt, alle außer Pekka, der vor Zorn, dass der Rambo ihn als Einzigen nicht umgestoßen hatte, den Sand aus der Weitsprunggrube kickte. Wer auch fehlte, war der Rambo selbst, der nicht mit uns im Tornetz zappeln konnte, weil der Lehrer ihn am Kragen festhielt. Ich fand Fußball ein ziemlich einfaches Spiel.

»Ich hab keine Lust mehr«, motzte Pekka, als der Lehrer uns die Fußballregeln noch einmal erklärte.

Es waren ein paar mehr geworden, und meistens ging es um Sachen, die verboten waren: Man durfte den Ball nicht mit den Händen berühren. Man durfte den Gegner nicht umstoßen. Man durfte den Platzwart nicht Kürbiskopf nennen, auch wenn er einen aus der Weitsprunggrube scheuchte und sein Kopf wirklich wie ein Kürbis aussah. Und auf gar keinen Fall durfte man den Lehrer in den Knöchel beißen, auch wenn er ein Weltklassetor nicht geben wollte.

»Was meinen Sie, sollte ich mir lieber eine Tetanusimpfung verpassen lassen?«, fragte der Lehrer den Platzwart.

»Ach was, von dem Biss kriegen Sie höchstens die Tollwut«, tröstete ihn der.

Nachdem der Platzwart dem Lehrer ein Pflaster auf den verletzten Knöchel geklebt hatte, legte der Lehrer den Ball wieder auf den Punkt in der Spielfeldmitte und pfiff das Spiel an.

Aber diesmal passierte gar nichts. Niemand traute sich nämlich, was zu machen, weil es ja verboten sein konnte. Sogar der Rambo rührte sich nicht vom

Fleck, aber das kann auch daran gelegen haben, dass der Lehrer ihn immer noch am Kragen festhielt. Wir standen alle nur da und schauten auf den Ball, als könnten wir ihn mit der Kraft unserer Gedanken ins gegnerische Tor befördern, aber das konnten wir natürlich nicht. Es war totenstill auf dem Sportplatz, und hätte uns jemand gesehen, dann hätte er wahrscheinlich gedacht, wir wären von einem bösen Zauber befallen.

Irgendwann muss es dem Lehrer dann doch zu langweilig geworden sein.

»Wird's jetzt bald!«, sagte er, und da legten wir los.

Wir stürzten uns alle gleichzeitig auf den Ball und landeten alle auf demselben Haufen, unter dem irgendwo der Ball sein musste. Den vermisste aber keiner, weil wir auch ohne Ball einen Riesenspaß hatten. Alle außer dem Rambo, der drohte, dass er uns allen eins auf die Nase geben würde, wenn der Lehrer ihn endlich losließ. Und außer Pekka, der sich vor Zorn, dass er nicht mehr in die Weitsprunggrube durfte, unter die Matten der Hochsprunganlage verkrochen hatte.

Das Spiel ging fünfzehn zu zwölf oder sechs zu

null aus, je nachdem, wen man hinterher fragte. Aber das war eigentlich auch egal, denn der Lehrer hatte uns erklärt, dass nicht Gewinnen das Wichtigste bei einem Wettkampf ist, sondern das Dabeisein und die Fairness. Außerdem hatte der Ball den Anfang des Spiels nicht ausgehalten. Er war jetzt platt wie eine Scheibe, und man konnte ihn nur noch ganz schwer treten.

»Der war mal rund«, sagte der Platzwart, als ihm der Lehrer den Ball zurückgab.

»Und ich war mal ein junger Mann, der glaubte, dass Lehrer für ihre schöne Arbeit auch noch gut bezahlt werden«, sagte der Lehrer.

Wir fanden es sehr fair, dass der Platzwart den Ball nicht zurückhaben wollte. Schade war nur, dass keiner daran dachte, Pekka unter den Hochsprungmatten vorzuholen. Zum Glück fand ihn der Platzwart, bevor die aus der Achten mit dem Hochsprungtraining anfingen.

Die Krisensitzung

Am nächsten Tag hatten wir eine Versammlung in der Rosenhecke.

»Hiermit erkläre ich die Krisensitzung für eröffnet«, sagte Timo.

Das hörte sich so schön an, dass Timo es noch zweimal sagen musste, bevor die Sitzung wirklich eröffnet war.

»Der Lehrer trifft sich morgen mit den Eltern des Rambos. Das könnte gefährlich werden«, sagte Timo.

»Ich hab mal ›Akte X‹ im Fernsehen gesehen, da war eine Höhle, und in der Höhle ist so ein Weltraumpilz gewachsen«, erzählte Mika. »Ganz dunkel war es dort, und nur eine Roboterkamera konnte rein, und so ein Schatten ist hinter jemand hergeschlichen, aber dann hat mich mein Vater hinter dem Sofa entdeckt und ins Bett geschickt. Richtig unheimlich war das und schrecklich spannend«, sagte Mika, und wir nickten ernst. Vor Weltraumpilzen und Vätern musste man sich in Acht nehmen.

»Jedenfalls ist der Lehrer in Gefahr, und wir können ihn nicht mit den Außerirdischen allein lassen«, sagte Hanna leise.

»Die ganze Welt ist in Gefahr«, sagte Timo ernst.

»Die können zum Beispiel Fangarme unter den Kleidern haben«, wusste Tiina.

Wir zitterten, wenn wir nur daran dachten.

»Egal, wir müssen den Lehrer retten«, sagte ich.

»Wir müssen die ganze Welt retten«, sagte Hanna ernst.

»Wir müssen uns einen Plan ausdenken«, sagte Timo.

»Ich muss mal«, sagte Pekka und ging.

Wir anderen blieben da und machten einen Plan. Der Plan war richtig toll, und er bestand aus drei Punkten.

»Also, wiederholen wir noch mal«, sagte Timo. »Punkt eins lautet: Der Lehrer ist in Gefahr.«

Wir nickten.

»Punkt zwei ...?«

Wir warteten.

»Erinnert sich zufällig jemand an Punkt zwei?«, fragte Timo.

Wir schüttelten die Köpfe.

»Jedenfalls lautet Punkt drei: Die Welt ist gerettet.«

Wir nickten. Das war ein ausgezeichneter Plan. Wir konnten den Freitag kaum erwarten.

Die Begegnung

Am Freitag waren wir rechtzeitig in unseren Verstecken. Hanna stand hinter der Landkarte, Timo hockte unter dem Lehrertisch, Tiina war unter den Mantel des Lehrers an der Garderobenleiste geschlüpft, und Mika hatte sich wahrscheinlich zu Hause unter seinem Bett verkrochen, jedenfalls war er nicht da. Pekkas Versteck wusste niemand, vielleicht nicht mal er selbst. Er war ja auf der Toilette gewesen, als wir uns den Plan ausdachten.

Ich selbst saß in der Truhe mit den Sachen für den Malunterricht und konnte mich immer noch nicht daran erinnern, was bei Punkt zwei unseres Plans geschehen sollte. Gerade als ich die anderen fragen wollte, hörte ich Stimmen auf dem Flur.

Gleich darauf betrat der Lehrer das Klassenzimmer. Und hinter ihm traten der Rambo, der Vater des Rambos und die Mutter des Rambos ein. So nannte ich sie bei mir, weil ich ja nicht wissen konnte, wie man dort, wo sie herkamen, zu Eltern sagte. Ich sah alles durch einen schmalen Spalt, den ich zwischen dem Rand und dem Deckel der Maltruhe gelassen hatte.

Für Außerirdische sahen auch die Eltern des Rambos überraschend normal aus.

Die Mutter war ein bisschen pummelig. Sie hatte fröhliche Augen und niedliche Grübchen.

Der Vater war riesig groß, hatte einen Schnurrbart und rauchte Pfeife. Aber vielleicht was das qualmende Ding auch nur eine getarnte Neutronenkanone, mit der er den Lehrer und die ganze Welt in Atome zerbröseln wollte.

»Setzen Sie sich, bitte!«, sagte der Lehrer und zeigte auf unsere Stühle und Tische, die für die Eltern nur ein bisschen klein waren. Als der Vater sich setzte, sah es aus, als versuchte sich ein Elefant in eine Hundehütte zu zwängen.

»Man muss sich aber nicht melden, wenn man was sagen möchte?«, fragte der Vater mit einem Augenzwinkern.

»Wir rauchen hier übrigens nicht«, sagte der Lehrer.

»Das höre ich gern. Ich bin auch gerade dabei, es mir abzugewöhnen«, sagte der Vater und stieß eine solche Rauchwolke aus, dass die ganze Familie für einen Augenblick darin verschwand.

»So, so«, hüstelte der Lehrer, als der Rambo und seine Eltern wieder zu sehen waren. »Ich habe Sie hergebeten, um mit Ihnen über das Thema Gewalt und Mobbing zu sprechen.«

»Das ist ein wichtiges Thema«, sagte die Mutter.

»Sehr wichtig«, nickte der Vater.

»Ich hoffe doch, dass niemand unseren Pertti mobbt?«, sorgte sich die Mutter.

Der Rambo selbst sagte nichts. Er starrte nur die Landkarte an, unter der Hannas Füße herausschauten.

»Ich bin froh, dass Sie beide meiner Meinung sind«, sagte der Lehrer. »Wir haben nämlich ein kleines Problem: Pertti haut und tritt seine Mitschüler.«

»Wer, unser Pertti?«, wunderte sich die Mutter.

»Könnten Sie das bitte wiederholen? Ich hab mich, glaube ich, verhört«, bat der Vater.

Da erklärte ihnen der Lehrer ganz genau, wie der Rambo uns alle gehauen und getreten und zuletzt beim Fußballtraining umgestoßen hatte.

»Dann wäre da noch das hier«, sagte der Lehrer zuletzt und legte seinen Fuß auf den Tisch.

»Gute Waden haben Sie, vom vielen Sportunterricht wahrscheinlich«, sagte die Mutter.

»Entschuldigung, das war der falsche«, sagte der Lehrer und hob den anderen Fuß auf den Tisch.

»Bei uns zu Hause legen wir übrigens nicht die Füße auf den Tisch«, sagte der Vater.

»Ihr Pertti hat mich in den Knöchel gebissen«, sagte der Lehrer und schob sein Hosenbein so hoch, dass die beiden seinen Knöchel sehen konnten, auf dem noch deutlich der Abdruck von Perttis Zähnen zu sehen war.

Es wurde ganz still im Klassenzimmer. Die beiden außerirdischen Eltern sahen den Rambo an, der ein Gummiband aus der Tasche gezogen hatte und gerade eine Schleuder daraus bastelte.

»Sie verwechseln ihn bestimmt mit jemand anderem«, sagte die Mutter schließlich.

»Das wäre verständlich«, sagte der Vater. »Kinder sehen in dem Alter alle gleich aus.«

»Unser Pertti beißt nicht«, sagte die Mutter.

»Und er schlägt niemanden«, sagte der Vater des Rambos. »Niemals.«

»Unser Pertti ist sanft wie ein Lämmchen«, sagte die Mutter des Rambos.

»Ich habe Beweise«, sagte der Lehrer und zeigte auf den Abdruck der Zähne auf seinem Knöchel.

Die Eltern des Rambos beugten sich nach vorn, damit sie den Abdruck besser sehen konnten.

»Ein Hundebiss«, sagte die Mutter. »Eindeutig!«

»Ich habe keinen Hund«, sagte der Lehrer.

»Eine bestimmte malawische Echsenart hat meines Wissens ähnliche Zähne«, wusste der Vater.

»Geben Sie's zu, Sie haben sich aus Versehen selbst gebissen«, schlug die Mutter augenzwinkernd vor.

»So was soll vorkommen«, sagte der Vater und haute den Lehrer auf die Schulter.

»Jedenfalls kann es unser Pertti nicht gewesen sein«, beschloss die Mutter.

»Auf keinen Fall. Nicht wahr, Söhnchen?«, sagte der Vater des Rambos.

»Nö«, sagte der Rambo und schoss mit der Schleuder, die jetzt fertig war, ein Stück Tafelkreide gegen Hannas Knie.

»Da hören Sie's«, sagte der Vater.

»Aua!«, schrie Hanna und begann, hinter der Landkarte auf einem Bein zu hüpfen.

Da fiel uns plötzlich allen ein, was Punkt zwei unseres Plans gewesen war: der Angriff. Also griffen wir an.

Ich stieß den Deckel der Maltruhe auf und wollte heraussteigen. Aber leider kam der Deckel zurück und knallte mir auf den Kopf. Dann hörte ich nur noch, wie das Schloss der Truhe zufiel. Was draußen passierte, erzählten mir später die anderen.

Timo sprang unter dem Lehrertisch hervor, aber leider blieb er mit der Hose an einem vorstehenden Nagel hängen, und als er vor den Eltern des Rambos auftauchte, hatte er nur noch seine Unterhose an. Da sprang er natürlich unter den Tisch zurück.

Blieb nur noch Tiina, aber die verhedderte sich im Mantel des Lehrers, als sie aus ihrem Versteck sprang, und rannte wie ein Gespenst blind durchs Klassenzimmer, bis sie an der Wand neben der Tafel zum Stehen kam.

»Wussten Sie, dass hinter der Landkarte dort ein einbeiniges Kind herumhüpft?«, sagte der Vater des Rambos.

»Und in der Truhe dort steckt ein Schachtelteufel, der wie ein Mädchen aussieht«, bemerkte die Mutter.

»Außerdem hockt ein nackter Junge unter Ihrem Tisch«, sagte der Vater.

»Und ein kopfloses Mädchen neben der Tafel«, sagte die Mutter. Dann stand sie auf und gab dem Lehrer die Hand. »Auf Wiedersehen!«, sagte sie. »Es war schön, Sie kennenzulernen.«

»Ich bezweifle doch sehr, dass unser Pertti schwieriger sein soll als der Rest Ihrer Meute«, sagte der Vater freundlich lächelnd und streichelte seinem Sohn über den Kopf.

Im selben Augenblick kam Pekka ins Klassenzimmer gestürmt. Er trug eine schwarze Sonnenbrille, einen schwarzen Hut und eine schwarze Krawatte.

»Stehen bleiben! Keine Bewegung, oder ich verwandle euch in Gelee!«, schrie er und drohte allen mit seiner großen Wasserpistole.

Aber der Rambo und seine außerirdischen Eltern dachten gar nicht daran, stehen zu bleiben. Sie gingen seelenruhig in Richtung Tür, und natürlich passierte ihnen überhaupt nichts. Pekka hatte die Wasserpistole nämlich vergessen zu laden.

Im Vorbeigehen gab der Vater des Rambos Pekka einen freundschaftlichen Klaps auf den Hut.

»Schön zu sehen, dass es in dieser Klasse noch ein zweites normales Kind gibt«, sagte er.

»Tschüs, Pekka!«, sagte der Rambo.

Hinterher fanden wir es alle ungerecht, dass der Lehrer nur Pekka nicht nachsitzen ließ. Aber noch schlimmer war, dass wir nicht wussten, ob wir die Welt nun gerettet hatten oder ob die Lage noch gefährlicher geworden war. Ich hatte jedenfalls das Gefühl, dass der Lehrer und Pekka irgendwie einen geheimen Bund mit dem Rambo und seinen Eltern geschlossen hatten.

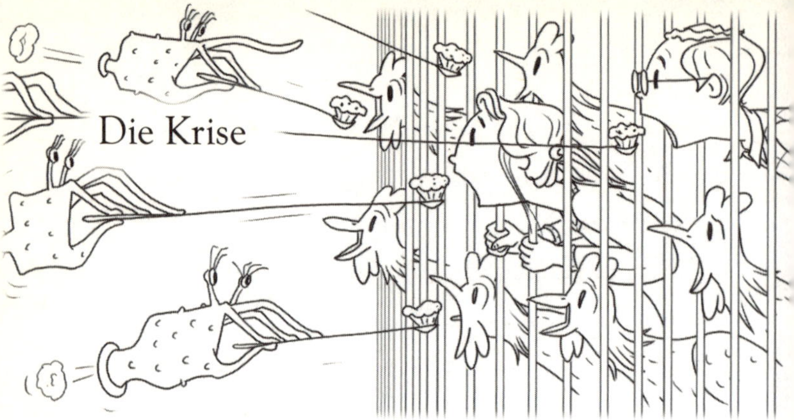

Die Krise

In der Rosenhecke herrschte düstere Stimmung, was auch daran lag, dass in der Nacht der erste Frost gekommen war und die Hecke die Hälfte ihrer Blätter verloren hatte. Aber der wichtigere Grund für unsere gedrückte Stimmung war der gemeine Geheimbund an unserer Schule, gegen den wir nichts würden ausrichten können. Das war klar, und wir fanden alles nur noch traurig.

»Unfassbar, dass der Lehrer mit ihnen unter einer Decke steckt«, grauste es Hanna.

»Habt ihr gemerkt, wie der Rambo Pekka Tschüs gesagt hat?«, fragte Tiina.

»Ich hatte Pekka von Anfang an in Verdacht«, sagte ich.

»Und wenn *er* dazugehört, gehört bestimmt auch seine Mutter …«, sagte Timo und musste gar nicht weiterreden, denn wir hatten schon verstanden.

Daran hatten wir noch gar nicht gedacht. Aber er hatte natürlich recht. Wenn Pekka ein Mitglied des Geheimbunds war, dann war auch seine Mutter in die Sache verwickelt, und das hieß: die Direktorin unserer Schule!

»Und wenn der Lehrer dazugehört«, sagte Tiina leise, »dann gehört auch seine Frau dazu.«

»Und wenn die alle dazugehören, dann bestimmt auch die Köchin, der Hausmeister und alle anderen Lehrer.«

Je länger wir darüber nachdachten, desto sicherer waren wir uns, dass der erwachsene Rest der Schule von irgendwo aus dem Weltall stammte und alle zusammen einen geheimen Bund gegen uns geschlossen hatten. Wir waren die Einzigen, die darüber Bescheid wussten. Eine große Last lag auf unseren Schultern.

»Aber was ist ihr Ziel?«, wunderte sich Hanna. »Warum haben sie uns nicht schon längst erledigt?«

»Ich weiß es«, sagte Timo und lächelte ein düsteres, aber wissendes Lächeln.

Wir sagten nichts, weil wir wussten, dass es dann nur länger gedauert hätte, bis er uns erzählte, was er wusste.

»Ich hab zufällig gehört, wie der Lehrer sich mit der Direktorin unterhalten hat«, fuhr Timo fort. »Der Lehrer hat der Direktorin seinen Knöchel gezeigt, und sie hat gesagt, dass er wegen so einer Kleinigkeit ganz bestimmt nicht zu Hause bleiben darf.«

»Und das war alles?«, wunderte ich mich.

»Nein«, sagte Timo. »Außerdem hat sie gewusst, dass so auch der Biss einer bestimmten malawischen Echsenart aussieht.«

»Und das war alles?«, wunderten wir uns.

»Nein. Am Ende hat sie ihn noch daran erinnert, was seine Aufgabe hier an unserer Schule ist.«

»Und die wäre?«, fragte Mika.

»Ja, was ist seine Aufgabe an unserer Schule?«, wollten wir alle wissen.

»Uns auf unserem Weg zu begleiten, damit wir immer weiter wachsen und reifen«, sagte Timo so leise, dass man es kaum noch hören konnte.

»Und das ist alles?«, fragte ich, als ich mir sicher war, dass Timo nichts mehr sagen wollte.

»Versteht ihr denn nicht, was das bedeutet? *Wachsen und reifen!* Wir sollen Futter für die Außerirdischen werden. Die ganze Schule ist in Wirklichkeit eine Art Weltraumhühnerstall«, erklärte Timo matt.

Wir waren uns nicht sicher, ob er nicht plötzlich einen an der Waffel hatte, aber was er sagte, machte uns doch ein bisschen nervös.

»Und was ist mit Pekka und dem Rambo?«, fragte ich.

»Spione«, sagte Timo. »Die sagen denen, wann wir reif genug sind.«

Wir schüttelten uns vor Entsetzen.

Der Reifetest

Von dem Tag an war es in der Schule nicht mehr dasselbe. Zu Hause versuchte ich meinen Eltern zu erklären, dass ich nicht mehr in die Schule gehen wolle, weil ich nämlich gar keine Lust hätte, reif zu werden. Aber mein Vater und meine Mutter meinten, reif zu werden habe noch niemandem geschadet, und ohne die Schule werde man nun mal nicht zu einem reifen Menschen. Dann lachten sie, dass es mir kalt den Rücken herunterlief.

Am nächsten Morgen in der Mathestunde fragte ich Timo: »Warum bringen die uns überhaupt Mathe bei, wenn sie uns doch nur essen wollen?«

»Von Mathe kriegt man ein größeres Gehirn. Hirn ist deren Leibspeise«, antwortete Timo dumpf.

In der Deutschstunde fragte Hanna Timo: »Warum bringen die uns das Lesen bei, wenn sie uns doch nur essen wollen?«

»Lesen regt die Fantasie an. Aus Fantasie machen die Soße«, wusste Timo.

In der Sportstunde fragte Tiina Timo: »Warum müssen wir uns am Reck abzappeln, wenn sie uns doch nur essen wollen?«

»Schon mal was von einem gut abgehangenen zarten Braten gehört?«, antwortete Timo.

In der Kunststunde fragte Mika Timo: »Warum müssen wir noch mit Fingerfarben malen, wenn sie uns doch nur essen wollen?«

»Das ist für die keine Farbe, sondern Marinade«, sagte Timo und versuchte, die Farbe abzuwischen, die er sich in die Ohren geschmiert hatte.

In der Pause kam dann Pekka und fragte Timo: »Warum spricht eigentlich niemand mehr mit mir?«

Aber Timo antwortete nicht. Der konnte lange fragen. Wir wussten Bescheid.

Beim Mittagessen im Speisesaal fragte dann niemand mehr, weshalb wir immer unsere Teller leer essen sollten, denn das war ja klar. Und warum sie uns am Schulanfang und nach den Ferien immer zum Messen und Wiegen zur Schulkrankenschwester schickten, brauchte uns auch keiner zu erklären. Wir wussten Bescheid und hatten auch schon einen

Plan, eine Verteidigungsstrategie, wie Timo, unser Klassengenie, es nannte.

»Mein Gehirn wächst nicht mehr, das können die vergessen«, sagte das Klassengenie und beantwortete in der nächsten Mathestunde alle Fragen falsch. Wir anderen machten es ihm nach und bekamen alle genau dieselbe Sechs dafür.

»Auf meine Fantasie müssen die auch verzichten«, sagte ich, als ich beim Lesen drankam, und las: »Notkäppchen und der Golf …« Die anderen machten es mir nach, und der Lehrer sagte, wenn wir so weitermachten, müssten wir alle in den Förderunterricht.

»Ich werde jedenfalls nicht gut abgehangen und zart«, sagte Hanna und ließ sich von der Reckstange plumpsen. Wir machten es ihr nach und wurden alle zur Schulkrankenschwester geschickt, damit sie uns verarztete.

»Ich lass mich doch nicht marinieren«, sagte Tiina und goss ihre Fingerfarbe auf den Fußboden. Wir machten es ihr nach und mussten alle nachsitzen.

»Ich verstehe überhaupt nichts mehr«, sagte unser Lehrer und ging mit uns zur Schulpsychologin.

»In solchen Fällen macht man als Erstes einen kleinen Reifetest«, schlug die Schulpsychologin vor.

»Ist das nicht ein bisschen früh?«, sagte Timo.

»Ich bin noch kein bisschen abgehangen«, behauptete Hanna.

»Ich schmecke gar nicht gut«, versicherte Mika.

»Und ich hab ein winzig kleines Gehirn«, sagte ich.

»Aha«, sagte die Schulpsychologin und schaute unseren Lehrer mit hochgezogenen Augenbrauen an. »Ich glaube, du solltest deine Aufgabe hier an unserer Schule vielleicht doch ein bisschen ernster nehmen.«

Wir fanden es seltsam, dass sie so offen und vor unseren Augen über die Sache redeten. Aber vielleicht dachten sie, dass wir sowieso nichts gegen sie ausrichten konnten. In jedem Fall war es gruselig.

»Diese Kinder sind absolut normal. Sie haben nur viel Fantasie«, fuhr die Psychologin fort und leckte sich die Lippen.

Wir schauten uns an. Musste sie an die Soße denken, die sie bald daraus zubereiten würden?

»Wusstest du übrigens, dass ich als Kind überzeugt war, ein roter Gummiball zu sein?«, fragte die Psychologin unseren Lehrer.

»Nein, das wusste ich nicht, aber ich hätte es mir

denken können«, sagte der Lehrer und führte uns zurück ins Klassenzimmer.

Die Einzigen, die das alles kein bisschen zu stören schien, waren Pekka und der Rambo. Wahrscheinlich weil sie plötzlich die besten Noten bekamen. Sie rechneten besser und lasen schneller, hingen länger am Reck und beschmierten alles mit Fingerfarben, wie es sich gehörte. Es sah fast so aus, als gefiele es ihnen in der Schule. Für uns andere war klar, was das bedeutete. Wir wussten Bescheid!

»Wenigstens haben sich Pekka und Pertti in letzter Zeit gut entwickelt«, sagte der Lehrer. Er gab beiden einen schönen Löwenstempel ins Heft und tätschelte ihnen die Köpfe. Uns anderen wurde richtig schlecht.

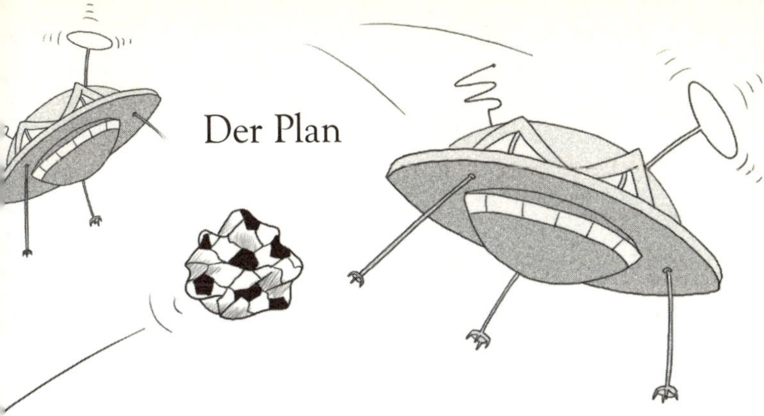

Der Plan

Pekka spielte jetzt immer mit dem Rambo. Wir hatten es erst gar nicht gemerkt, weil wir in den Pausen immer in der Rosenhecke saßen. Unsere Krisensitzungen fanden jetzt täglich statt, denn die Krise wurde immer größer. Dann kam die Pause, in der wir Pekka und den Rambo miteinander Fußball spielen sahen. Es sah komisch aus, denn der Ball war immer noch ganz platt.

»Spielt doch mit!«, rief Pekka uns zu.

Wir taten so, als würden wir ihn nicht sehen und nicht hören. Das war allerdings schwierig, weil Pekka direkt neben der Rosenhecke stand und gerade das letzte welke Blatt davon abzupfte. Es war gruselig, so ganz ohne Schutz zu sein.

»Lass sie doch in der Hecke sitzen, die sind doch nicht normal«, sagte der Rambo, der plötzlich neben Pekka auftauchte.

»Wer hier nicht normal ist, ist noch die Frage«, sagte Timo giftig. Wir fanden, damit hatte er's ihm gut gegeben.

»In einer Woche ist das Fußballspiel. Kommt trainieren!«, sagte Pekka.

»Vergiss es. Wir wissen nämlich, worum es da wirklich geht«, sagte Hanna.

»Um Fußball, oder?«, tat Pekka unschuldig.

»Ha!«, sagten wir wie aus einem Mund. Das hörte sich so gut an, dass wir es noch dreimal sagten.

»Komm, lass die Schlaumeier, wir spielen weiter!«, sagte der Rambo ungeduldig

Dann nahmen sie ihren platt gequetschten Ball und verschwanden.

Wir saßen betrübt in der Hecke, die eigentlich keine Hecke mehr war, sondern nur noch ein Gewirr von dornigen Zweigen.

»Habt ihr das gehört?«, fragte Timo.

Wir nickten.

»Der Rambo hat kein einziges Mal gedroht, uns eins auf die Nase zu geben«, sagte Hanna.

»Das bedeutet, dass wir bald so weit sind – schön reif und saftig«, flüsterte Tiina.

»Wir dürfen trotzdem nicht aufgeben«, sagte ich.

»Fußball!«, schrie da Timo mit einer Stimme, dass wir schon befürchteten, er sei vor Angst verrückt geworden.

»Das Fußballspiel ist die Lösung!«, schrie Timo. »Es ist eine Falle. In Wirklichkeit wollen sie uns nur alle auf einem Haufen versammeln, damit sie uns leichter in ihr Raumschiff laden können.«

Da ging uns anderen auch die schreckliche Wahrheit auf: Die nichts ahnenden reifen Schüler würden sich versammeln, um Fußball zu spielen oder sich das Fußballspiel anzuschauen. Aber dann würden riesige Raumschiffe auf dem Platz landen, und sie würden uns in die eiskalten Laderäume treiben, wo sie uns aufbewahrten wie Fischstäbchen in der Tiefkühltruhe. Wir wussten zwar nicht wirklich, wie Fischstäbchen vom Meer in die Tiefkühltruhe kamen, aber so ungefähr stellten wir es uns vor. Es hörte sich ganz schön düster an.

»Trotzdem dürfen wir nicht aufgeben«, sagte ich.

»Aber was sollen wir tun?«, seufzte Hanna.

»Fliehen«, schlug Tiina vor.

»Aber ich will erst Fußball spielen«, jammerte Mika.

»Und was ist mit denen aus den anderen Klassen?

Wir können sie doch nicht einfach den Außerirdischen überlassen«, sagte ich.

»Wir müssen sie retten«, stimmte Hanna mir zu.

»Wir müssen die Welt retten«, sagte Tiina.

»Und dafür brauchen wir einen Plan«, sagte Timo, der lange geschwiegen hatte.

Der Plan war toll. Er bestand aus drei Punkten. Punkt eins: Wir waren in Schwierigkeiten. Punkt zwei war noch ein bisschen offen. Aber Punkt drei war klar: Die Welt würde gerettet werden.

Das entscheidende Spiel

Am Tag des Spiels waren wir alle sehr aufgeregt. Wir wussten, dass alles wie ein ganz gewöhnliches Fußballspiel zwischen zwei zweiten Klassen zweier befreundeter Schulen aussehen würde. Aber wir wussten auch, dass es sich in Wirklichkeit um einen Kampf zwischen der Menschheit und gefährlichen Außerirdischen handelte.

Die Ränge des Sportstadions waren voller Kinder und Lehrer. Die Fans schwenkten ihre Fahnen und jubelten ihren Mannschaften zu. Wir hätten das alles bestimmt ganz toll gefunden, wenn wir nicht Bescheid gewusst hätten.

Wir schauten in den Himmel. Der war noch blau und wolkenlos, aber schon bald würden die Schatten riesiger Raumschiffe lautlos vor die Sonne gleiten. Mitten auf dem Platz würden die Außerirdischen landen, dort, wo sich jetzt noch nichts Böses ahnende Zweitklässler auf ein Fußballspiel vorbereiteten.

Timo, Tiina, Mika, Hanna und ich spielten alle in unserer Mannschaft. Und natürlich Pekka und der Rambo, die am fleißigsten trainiert hatten. Ein Lehrer der anderen Schule war Schiedsrichter, und unser Lehrer stand mit einem Megafon am Spielfeldrand, falls es etwas durchzusagen gab.

Der Schiedsrichter legte den Ball auf den Punkt in der Mitte des Spielfelds und pfiff auf seiner Trillerpfeife. Das Spiel begann. Die anderen hatten Anstoß, und wir fanden es komisch, dass sie gleich mit dem Ball auf unser Tor zurannten. Wir rührten uns lieber nicht vom Fleck, damit wir nicht gleich wieder gegen die Regeln verstießen. Nur der Rambo machte natürlich wieder, was er wollte, und rannte hinter den Gegnern her. Erst wollte er sie umstoßen, aber als er merkte, dass sie zu schnell für ihn waren, stieß er eben uns um, einen nach dem anderen, nur Pekka nicht, der darüber so sauer war, dass er sich wieder unter die Hochsprungmatten verkriechen wollte. Aber diesmal erwischte ihn der Lehrer und schubste ihn zurück aufs Spielfeld. Inzwischen stand es angeblich eins zu null für die anderen.

»Eins zu null nach kaum einer Minute – das Spiel hat mit einem wahren Paukenschlag begonnen!«, verkündete unser Lehrer durchs Megafon.

Und weil er außerdem unser Trainer war, nahm er gleich eine Auszeit, obwohl der gegnerische Trainer behauptete, dass es die im Fußball gar nicht gibt. Wir stellten uns im Kreis um ihn herum, und er erklärte uns die Taktik.

»Seht ihr das Runde auf dem Punkt in der Spielfeldmitte?«, fragte der Lehrer.

Wir nickten.

»Das ist der Ball«, sagte der Lehrer.

Wir nickten, denn so hatte unserer auch ausgesehen, bevor wir ihn platt gequetscht hatten.

»Gegen den müsst ihr treten«, sagte der Lehrer und verkündete, dass die Auszeit zu Ende sei.

»Ist es so weit?«, fragte ich Timo, der besorgt in den Himmel schaute.

»Ich glaube nicht«, sagte er kopfschüttelnd.

Der Schiedsrichter pfiff wieder auf seiner Trillerpfeife, und diesmal machten wir es genauso, wie der Lehrer gesagt hatte. Wir traten alle gleichzeitig und so fest, dass der Staub auf dem Platz nur so aufwirbelte. Je mehr wir traten, desto mehr staubte es, und irgendwann konnte niemand mehr was sehen, schon gar nicht den Ball.

Als der Staub sich endlich legte, war der Ball zu unser aller Verwunderung im gegnerischen Tor. Keiner von uns hatte auch nur die geringste Ahnung, wie er dort hingeraten war. Schade war nur, dass der Lehrer in dem Durcheinander sein Megafon verloren hatte. Zum Glück fand er es dann im gegnerischen Tor, direkt neben dem Ball. Der Spielstand war jetzt eins zu eins.

»Eins zu eins – der Ausgleich!«, verkündete der Lehrer, nachdem er sein Megafon wiederhatte. »Die Spannung steigt ins Unerträgliche!«

Danach wurde das Spiel fast ein bisschen langweilig. Die anderen trauten sich nämlich nicht mehr, den Ball in unser Tor zu schießen, weil der Rambo gedroht hatte, jedem eins auf die Nase zu geben, der den Ball auch nur in unsere Spielhälfte schoss. Wir kriegten den Ball aber auch nicht ins gegnerische Tor, obwohl wir es die ganze Zeit versuchten. Nicht mal der Rambo oder Pekka schafften es und behaupteten, es läge daran, dass sie an den runden Ball nicht mehr gewöhnt seien.

Dann war Halbzeit, und als die um war, pfiff

der Schiedsrichter das Spiel wieder an. Genau da legte sich ein dunkler Schatten über den Platz. Wir erschraken fürchterlich, denn im Trubel des Spiels hatten wir die düstere Wahrheit vollkommen vergessen.

»Sie greifen an!«, schrie Timo.

Dann nahm er den Ball unter den Arm und lief auf den Rand des Spielfelds zu. Einen Moment lang starrten ihm alle nur nach, aber dann pfiff der Schiedsrichter auf seiner Trillerpfeife, und wir rannten hinterher.

Es sah toll aus. Vorne rannte Timo und hinter ihm die gegnerische Mannschaft und dahinter wir. Dahinter rannten der Schiedsrichter und unser Lehrer und hinter ihnen die restlichen Schüler der beiden Schulen, die von den Zuschauerplatzen auf-sprangen und ihren Mannschaften zu Hilfe kamen. Ganz hinten rannten dann die Lehrer, die ihre Schüler einfangen und auf ihre Plätze zurückschicken wollten.

Timos Plan war perfekt. Genauso hatten wir uns das gedacht: Wenn die Raumschiffe kamen, würde er sich den Ball schnappen und vom Platz rennen, und alle Schüler kämen hinter ihm her, und die

Lehrer wären angeschmiert und müssten mit leeren Händen und Bäuchen in den Weltraum zurück.

Schade war nur, dass Timo über das Megafon stolperte, das der Lehrer weggelegt hatte, um ihm hinterherzulaufen.

Es gab ein wahnsinniges Durcheinander, als Hunderte von Schülern und ihre Lehrer gleichzeitig versuchten, Timo den Ball abzunehmen.

Der Schiedsrichter pfiff wie wild,
und alles war in einen immer schwärzeren Schatten gehüllt, der uns bald für immer verschlingen würde. Wir hatten nicht mehr viel Zeit.

Da hörten wir von hoch oben eine hallende, metallische Stimme.

»Alle Schüler herhören!«, schrie Timo vom obersten Zuschauerrang durchs Megafon. Und dann hielt er eine Rede. Er erklärte in der Rede, dass alle Lehrer in Wirklichkeit Weltraummonster seien, und Pekka und der Rambo auch, und dass das Fußballspiel in Wirklichkeit nur eine Falle sei, um uns in die Raumschiffe zu kriegen, die gekommen seien, um uns abzuholen.

Es war die tollste Rede, die ich je gehört hatte. Die Schüler beider Schulen klatschten Beifall und jubelten, und nur die Lehrer waren ganz still.

Schade war nur, dass plötzlich eine große Hand hinter Timo auftauchte und ihn wie eine reife Beere vom Sitz pflückte, auf dem er stand. Es war die Hand unseres Lehrers. Aber statt dass er Timo in ein Raumschiff geschleppt hätte, trug der Lehrer ihn nur zu einer Bank am Spielfeldrand und sagte, das sei die Strafbank. Wir fanden das seltsam. Niemand hatte uns erzählt, dass man auch beim Fußball auf die Strafbank kommen kann. Das kannten wir bis dahin nur vom Eishockey.

Für das Spiel war es aber auch nicht schlimm,

dass Timo draußen sitzen musste, denn plötzlich begann es, in Strömen zu regnen. Die düsteren Schatten waren Regenwolken gewesen. Aber das Seltsamste war, dass wir den Ball wieder im gegnerischen Tor fanden, nur war er jetzt geplatzt und genauso platt wie unserer. Aber Tor ist Tor, das ist nun mal so beim Fußball.

Von da an war unsere Mannschaft klar überlegen. Pekka und der Rambo waren nämlich unschlagbar im Platte-Bälle-Treten. Irgendwann stand das Spiel fünfzig zu eins oder jedenfalls so ungefähr. Niemand zählte mehr so recht die Tore, weil unser Lehrer, der Schiedsrichter und die gegnerische Mannschaft zu den Zuschauern auf die Ränge geflüchtet waren.

»Was um Himmels willen gebt ihr denen zu essen?«, hörte ich den Schiedsrichter unseren Lehrer fragen, als ich gerade einen Einwurf machen musste.

»Nichts Besonderes«, antwortete unser Lehrer bescheiden. »Und übrigens war das heute noch ein etwas ruhigerer Tag.«

»Das war mit Sicherheit das seltsamste Fußballspiel, das ich je geschiedsrichtert habe«, staunte der Schiedsrichter.

»Trotzdem hast du unsere Wette verloren. – Her mit dem Fünfer!«, sagte der Lehrer und wirkte ziemlich zufrieden.

Timo, Tiina, Mika, Hanna, Pekka, der Rambo, die anderen und ich rannten weiter im Regen über den Platz. Fußball machte eigentlich sogar Spaß, vor allem jetzt, wo es so aussah, als wollte uns doch niemand in den Weltraum verschleppen. Und scheinbar wollte uns auch niemand verspeisen. Jedenfalls hatte der Lehrer zu Timo auf der Strafbank gesagt, selbst wenn er ein noch so hungriges Weltallmonster wäre und wir die letzten Kinder auf dem Planeten Erde – an seinem Esstisch wolle er trotzdem keinen von uns sehen. Darüber waren wir alle sehr froh, und sogar der Rambo sah auf einmal ganz fröhlich aus. Er trat auch nur noch den Ball und nicht mehr uns.

Vielleicht waren Pekka, der Rambo und die anderen von dem Geheimbund wirklich alle Außerirdische. Trotzdem mussten wir mit ihnen ja auskommen. Hauptsache, sie hatten keinen Appetit mehr auf uns.

Die Schulnacht

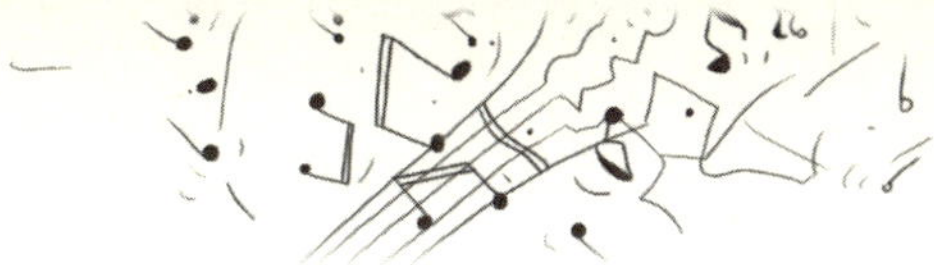

Unser Lehrer und der Weltuntergang

Dass unser Lehrer sehr nett ist, weiß jeder. Aber neulich war er supernett. Da hätte er uns nämlich beinahe eine Schulnacht versprochen.

»Was ist eine Schulnacht?«, fragte Pekka.

»Bei einer Schulnacht verbringen die Schüler und der Lehrer gemeinsam eine Nacht in der Schule«, erklärte der Lehrer, »und Geisterbahnfahren ist ein Spaziergang dagegen. Meistens fängt es damit an, dass sich der Lehrer lustige Spiele ausdenkt, die die Schüler langweilig und altmodisch finden. Dann macht man auf dem Schulhof ein Lagerfeuer und verkohlt Würstchen, bis die Feuerwehr anrückt. Danach geht man wieder nach drinnen, und es werden Bonbons gegessen, bis die ersten fünf Schüler unter Magenkrämpfen leiden und zwei sich in die Birkenfeige neben dem Lehrertisch übergeben. Am Ende müssen alle viel zu früh schlafen gehen, finden die

Schüler, während der Lehrer findet, es sei viel zu spät. Auf dem harten Fußboden im Klassenzimmer kann natürlich keiner schlafen, und alle haben schreckliche Alpträume. Manche fürchten sich sowieso im Dunkeln, und mindestens drei Schüler bekommen Heulkrämpfe und müssen von ihren Eltern abgeholt werden. Wenn es dann endlich Morgen ist, wachen alle schrecklich schlecht gelaunt auf und schwören, dass dies bestimmt die letzte Schulnacht ihres Lebens gewesen ist.«

Es war ein richtiger Vortrag, den uns der Lehrer über die Schulnacht hielt. Wir waren erst ganz sprachlos. Und natürlich wollten wir alle auch so eine tolle Schulnacht erleben.

»Und genauso eine Schulnacht machen wir auch?«, fragte Hanna.

»Nein«, sagte der Lehrer.

»Ich will neben Ella schlafen!«, rief Tiina.

»Und ich neben Tiina!«, rief Hanna.

»Ich möchte neben keiner von den beiden schlafen!«, stellte Timo klar.

»Wer neben mir schläft, kriegt eins auf die Nase«, drohte der Rambo.

Auch alle anderen wollten entweder unbedingt

neben jemandem oder auf gar keinen Fall neben jemandem schlafen. Das heißt, außer Mika, der weinte, weil niemand unbedingt neben ihm schlafen wollte. Und außer Pekka, der gerade eingeschlafen war.

»Ihr habt mich falsch verstanden«, sagte der Lehrer. »Wir machen auf gar keinen Fall eine Schulnacht.«

»Und wenn wir Geld für die Schulnacht sammeln, die wir auf gar keinen Fall machen?«, fragte Hanna traurig.

»Ich kann Pfandflaschen sammeln«, sagte Timo.

»Und ich Altpapier«, versprach Tiina.

»Ich gehe in den Wald und sammle Beeren«, beschloss ich.

»Ich sammle gekauten Kaugummi. Ich hab schon fast ein Marmeladenglas voll«, sagte Mika.

»Und ich geh außerdem noch betteln«, sagte Timo. »Der Rambo kann mein bemitleidenswerter Bruder sein, für den wir einen Haufen Geld brauchen, um ihn von einer schrecklichen Krankheit zu heilen.«

»Du bettelst eindeutig um eine blutige Nase«, sagte der Rambo.

»Ein für alle Mal«, sagte der Lehrer, »wir werden keine Schulnacht machen.«

Dann schrieb er fünfzigmal »Schulnacht« an die Tafel und strich es fünfzigmal durch.

»Dürfen wir einen Schlafsack mitbringen?«, fragte Timo, als der Lehrer die Kreide weglegte.

»Darf man Bonbons mitbringen?«, fragte Tiina.

»Oder Würstchen?«, fragte Hanna.

»Darf man Boxhandschuhe mitbringen?«, fragte der Rambo.

»Oder Schminksachen?«, fragte ich.

»Oder ein Taschenmesser?«, fragte Mika.

»Nein«, sagte der Lehrer, und Mika fing schon wieder an zu weinen, weil er es unfair fand, dass alle etwas mitbringen durften und er nicht mal ein harmloses Taschenmesser.

»Hier nimmt niemand irgendetwas irgendwohin mit, und damit basta«, seufzte der Lehrer.

»Auch keinen Schlafsack?«, fragte Timo.

»Nicht mal Bonbons?«, fragte Tiina.

»Keine Würstchen?«, fragte Hanna.

Weiter kamen wir nicht, denn auf einmal machte der Lehrer etwas, was alle sehr seltsam fanden: Er hielt sich die Ohren zu und fing an zu singen. Er sang ein seltsames Lied, das wir erst mitsingen wollten, aber dann gaben wir auf, weil es viel zu viele Strophen hatte. Es ging darin um einen Mann, der mit einem Korb an einem Flaschenzug Ziegel aufs Hausdach ziehen will, aber dann kracht dem Korb der Boden heraus, und die Ziegel fallen dem Mann auf den Kopf, und wie er vor Schreck das Seil loslässt, kommt der Korb ohne Boden auch wieder runtergesaust, dann denkt man das war's, aber es geht immer noch weiter, und der Mann ist ein richtiger Pechvogel, das muss man schon sagen.

»Das singe ich jetzt jedes Mal, wenn jemand die Schulnacht auch nur erwähnt«, sagte der Lehrer, und weil wir das lange Lied nicht noch mal hören wollten, waren wir lieber still.

Außer Pekka, der gerade aufgewacht war.

»Und wann machen wir jetzt die Schulnacht?«, fragte er.

»Eher geht die Welt unter«, sagte der Lehrer.

Das fanden wir noch seltsamer als das Lied. Denn dass man nach dem Weltuntergang keine Schulnacht mehr zu machen brauchte, war natürlich klar. Wenn die Welt untergegangen war, war ja sowieso immer Nacht.

Den Rest der Stunde hielten wir uns dann die Ohren zu, während der Lehrer das Lied von dem Pechvogel achtmal vom Anfang bis zum Ende sang. Nur Pekka klatschte jedes Mal Beifall.

Die Sammlung

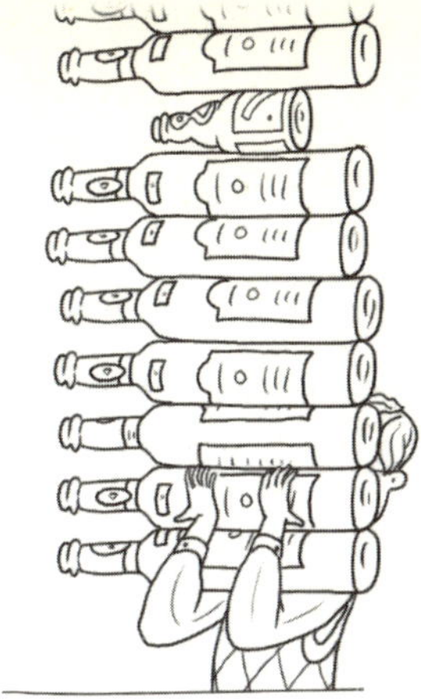

Als wir am nächsten Morgen in die Schule kamen, wunderten wir uns alle sehr. Der Lehrer stand nämlich auf dem Flur, hielt sich die Ohren zu und sang das Lied von dem Pechvogel für die Direktorin. Pekka stand dabei und klatschte den Takt.

»Geh sofort in dein Klassenzimmer!«, sagte die Direktorin, als der Lehrer das Lied zu Ende gesungen hatte.

»Nicht du!«, sagte die Direktorin, als der Lehrer sich auf den Weg machen wollte. Dann gab sie Pekka einen freundschaftlichen Klaps und klopfte dem Lehrer auf die Schulter.

»Schön, dass du die Nacht, die wir nicht bei ihrem Namen nennen wollen, organisierst!«

»Die was?«, fragte der Lehrer, als hätte er kein Wort verstanden. Dann holte er tief Luft und legte die Hände auf die Ohren.

»Guter Versuch«, sagte die Direktorin. »Aber Pekka hat mir zu Hause alles erzählt. Ich finde, du solltest vergangene Schul... äh ... Erfahrungen hinter dir lassen und mit brandneuem ... Verzeihung ... mit neuem Mut einen neuen Vorstoß wagen. Irgendwann muss ja auch bei dir mal was gutgehen. – Gib einfach vorher der Feuerwehr Bescheid«, fügte sie noch hinzu, bevor sie in ihrem Zimmer verschwand.

»Wie bitte?«, sagte der Lehrer, der immer noch die Hände auf den Ohren hatte.

»ICH MACHE KEINE SCHULNACHT!«, schrie er dann so laut über den Flur, dass die Köchin in der Küche so erschrak, dass sie eine ganze Dose Pfeffer in die Würstchensuppe fallen ließ. Danach war alles still. Nur aus dem Zimmer der Direktorin war zu hören, wie sie das Lied von dem Pechvogel sang.

Der Lehrer wunderte sich nicht schlecht, als er kurz darauf ins Klassenzimmer kam:

Timo hatte zwölf Tüten leere Flaschen mit in die Schule gebracht, und das konnte man riechen.

Tiina hatte Papier mitgebracht: die Stromrechnung, die Telefonrechnung, einen Fünf-Euro-Schein und einen Brief, der mit den Worten »Lieber Taneli, mein alter Brummtiger!« begann. Wir wussten natürlich alle, dass Tiinas Vater Taneli heißt, aber dass er ein Tiger sein sollte und dass Tiger brummen, wissen wir erst, seit Tiina uns den spannenden Brief vorgelesen hat.

Ich hatte Beeren mitgebracht: ein Schälchen Walderdbeeren und ein Schälchen Preiselbeeren. Aber mit dem Verkauf war es dann erst schwierig. Die Walderdbeeren konnte ich niemandem mehr verkaufen, weil Hanna und ich sie gleich aufgegessen hatten, und die Preiselbeeren wollte niemand, weil allen klar war, dass sie noch nicht reif sein konnten, obwohl ich sie sogar gelb angemalt hatte. Rote Farbe hatte ich leider nicht mehr gehabt. Zum Glück hatte Tiina irgendwann Mitleid und kaufte sie mir für die fünf Euro ab, die sie mitgebracht hatte.

Danach waren wir alle richtig zufrieden: Jetzt hatten wir schon fünf Euro in der Kasse, obwohl die Sammlung für die Schulnacht gerade erst begonnen hatte.

Mika hatte das Glas mit den gekauten Kaugummis mitgebracht, aber er wollte sie auf gar keinen Fall verkaufen, nicht mal für die fünf Euro, die ich ihm anbot. So blieb es bei den fünf Euro in der Kasse, obwohl wir jetzt schon eine ganze Weile gesammelt hatten. Wir fanden Mika echt stur.

Timo hatte die Leine von ihrem Hund mitgebracht, aber der Rambo ließ sie sich leider nicht um den Hals binden, also konnte Timo seine neue Idee von dem Leierkastenmann mit einem dressierten Äffchen auch vergessen. Sowieso hätte er gar keinen Leierkasten gehabt, und wenn er einen gehabt hätte, hätte er nicht die Kurbel drehen können, weil der Rambo ihn nämlich mit der Hundeleine an die Heizung gefesselt hatte.

So langsam begannen wir uns Sorgen zu machen. Die Sammlung für die Schulnacht dauerte jetzt schon ziemlich lange, und wir hatten immer noch nur fünf Euro.

Pekka hatte seinen Schlafsack, Bonbons, Würstchen, Boxhandschuhe und Schminksachen von seiner Mutter mitgebracht, und Mika fing natürlich wieder an zu weinen, weil er es ungerecht fand, dass Pekka alles Mögliche mitbringen durfte und er nicht mal ein klitzekleines harmloses Taschenmesser.

Pekkas Mutter, die bekanntlich auch unsere Direktorin ist, kam leider nach der großen Pause und holte ihre Schminksachen zurück. Das war schade, denn die hätten wir Mädchen in der Schulnacht gut gebrauchen können.

Inzwischen waren wir ein bisschen verzweifelt. Die Sammlung dauerte jetzt schon eine Ewigkeit, und wir hatten immer noch nur mickrige fünf Euro in der Kasse.

»Ja, seid ihr denn verrückt geworden?«, fragte der Lehrer, als er nach einem komischen Hustenanfall endlich wieder Luft bekam. Dann öffnete er die Fenster. Timos leere Flaschen rochen echt nicht gut.

»Wenn es sich hier um das handelt, was ich denke, dann könnt ihr es vergessen«, zischte der Lehrer. »Die Nacht, die wir nicht bei ihrem Namen nennen wollen, wird es nicht geben. Eher wachsen auf diesem Planeten gelbe Preiselbeeren!«

»Und selbst wenn sie wachsen, wird es die besagte Nacht nicht geben!«, fuhr er fort, als Tiina ihm ein Schälchen gelbe Preiselbeeren brachte. »Nicht mal, wenn ihr mir hundert Euro und zwanzig Cent dafür bezahlt!«

Wir hatten so langsam das Gefühl, dass der Lehrer etwas gegen eine Schulnacht hatte.

Die mexikanische Suppe

An dem Tag gab es in der Schulkantine mexikanische Wurstsuppe. Sie schmeckte genau wie normale Wurstsuppe, außer dass sie mit einem Haufen Pfeffer gewürzt und unheimlich scharf war.

Timo kam zu spät zum Essen. Der Lehrer hatte ganz schön lang gebraucht, um ihn von der Heizung loszubinden. Der Rambo kann nämlich prima Knoten machen.

»Ich hab einen Plan«, sagte Timo, als er sich an unseren Tisch setzte. Timo fallen immer die besten Pläne ein. Er ist ein Genie.

»Wir bezahlen dem Lehrer die hundert Euro und zwanzig Cent dafür, dass er eine Schulnacht mit uns macht«, erklärte er.

Viel mehr erklärte er nicht, denn als er die mexikanische Wurstsuppe probiert hatte, musste er fünf Kannen Wasser trinken, so wie alle anderen vor ihm auch. Außer Pekka, der sich schon den dritten Teller Suppe holte und die Köchin um mehr Pfeffer bat. Pekka ist manchmal wirklich anders als andere Kinder.

Timos Plan war natürlich toll, wie immer. Schließlich hatte der Lehrer selbst gesagt, dass er für hundert Euro und zwanzig Cent eine Schulnacht mit uns machen würde. Oder jedenfalls so was Ähnliches. Wir hatten nur ein Problem: Wir hatten immer noch nur mickrige fünf Euro, obwohl wir jetzt schon so lange sammelten, dass sich niemand mehr erinnern konnte, wann wir damit angefangen hatten.

Nach dem Mittagessen gingen wir die leeren Flaschen in den Supermarkt bringen. Der Lehrer wollte, dass sie blitzschnell aus dem Klassenzimmer verschwanden, weil sie ihn angeblich an die Nacht erinnerten, die wir nicht bei ihrem Namen nennen wollten.

»An welche Nacht denn?«, fragte Pekka.

»AN DIE SCHULNACHT!«, riefen wir im Chor, und schon fing der Lehrer wieder an, das Lied von dem Pechvogel zu singen.

Als der Lehrer zu Ende gesungen hatte, ging er

mit zwei Flaschentüten in den Händen voran, und wir folgten ihm.

Wir gingen immer zwei nebeneinander, und jedes Paar trug eine Tüte. Wir müssen ausgesehen haben wie ein klirrender Tausendfüßler.

Timo hatte sich einen glänzend schwarzen Zylinder aus dem Probenraum unseres Schultheaters besorgt, aber er weigerte sich zu erklären, warum er ihn trug. Vielleicht dachte er, wenn wir erst das ganze Flaschenpfand bekommen hätten, wäre er reich, und reiche Leute tragen ja so was. Alle anderen hatten Mützen auf, außer dem Lehrer, der normale Ohrenschützer trug, die er sich wahrscheinlich aus der Schulwerkstatt geholt hatte, wo wir sie beim Sägen und Schleifen aufsetzen müssen. Wahrscheinlich trug er sie, damit er nicht so oft zu singen brauchte.

»Sie haben gleich die ganze Familie mitgebracht, was?«, sagte der Onkel an der Supermarktkasse zu unserem Lehrer, während wir die leeren Flaschen in den Pfandautomaten steckten.

»Wie bitte?«, fragte der Lehrer und hob die Ohrenschützer.

»Gemeinsame Hobbys halten die Familie zusammen!«, rief der Kassenonkel.

»Das sind nicht meine«, korrigierte ihn der Lehrer.

»Die Flaschen oder die Kinder?«, fragte der Kassenonkel.

»Die dachten, dass ich mit ihnen eine Nacht, die wir nicht bei ihrem richtigen Namen nennen wollen, mache«, erklärte der Lehrer.

»Die Flaschen oder die Kinder?«, fragte der Onkel an der Kasse.

»Aber ich werde keine machen«, sagte der Lehrer, »auf gar keinen Fall.«

»Keine was?«, fragte der Kassenonkel.

»KEINE SCHULNACHT!«, riefen wir im Chor.

Als der Lehrer das Lied von dem Pechvogel gesungen hatte, klatschten alle: der Onkel an der Kasse und die Kunden, die sich inzwischen um ihn versammelt hatten. Übung macht den Meister. Unser Lehrer sang das Lied immer besser.

Wir bekamen zwanzig Euro für die Flaschen. Der Lehrer wollte Timo das Geld geben, aber Timo sagte, das Geld gehöre uns allen gemeinsam, und wir könnten vielleicht jedem ein Eis davon kaufen. Wir fanden das ein bisschen seltsam, denn der Plan war ja, hundert Euro für den Lehrer zu sammeln, damit er mit uns die Nacht, wegen der er immer das Pechvogellied singen musste, machte. Außerdem war Winter, und draußen war es eiskalt, und eigentlich hatte keiner von uns Lust auf Eis. Andererseits, wenn man es umsonst bekam ...

Wir marschierten wieder zwei und zwei, nur diesmal ohne Flaschentüten, zum Marktplatz, und der Lehrer kaufte jedem ein Eis.

»Ein bisschen Abkühlung kann man gut gebrauchen an so einem heißen Tag, nicht wahr?«, sagte die Kiosktante, als der Lehrer zwanzigmal Erdbeereis bestellte.

»Wie bitte?«, fragte der Lehrer und hob die Ohrenschützer.

»Schön, mit der ganzen Familie einen erfrischenden Ausflug in die Stadt zu machen! Wo haben sie denn ihren Traktor geparkt?«, erkundigte sich die Kiosktante neugierig. Dann reichte sie uns die Eistüten und klopfte an ihr Thermometer, das bei zwanzig Grad minus stehen geblieben war.

»Möchten Sie vielleicht mit mir tauschen?«, fragte der Lehrer. »Sie machen mit denen eine Nacht, die wir nicht bei ihrem Namen nennen wollen, und ich scherze so lange mit ihren Kunden?«

Aber da kriegte die Tante scheinbar einen Riesenschreck und knallte das Fensterchen von ihrem Kiosk zu. Schade war nur, dass die Kugel Erdbeereis des Lehrers drinnen blieb. Der Lehrer hatte nur noch die Waffeltüte in der Hand.

»He! Jetzt seien Sie doch nicht gleich eingeschnappt nur wegen einem kleinen Scherz!«, rief er. »Hören Sie?! Geben Sie mir eine Kugel Erdbeereis! Alle anderen haben auch eine!«

Der Lehrer war ganz aufgeregt und trommelte mit den Fäusten gegen das Kioskfensterchen, aber die Tante machte nicht auf.

»Machen Sie auf, oder ich lasse Ihnen Pekka hier!«, drohte der Lehrer.

Um uns herum versammelten sich jetzt schon die Leute. Die Kiosktante schüttelte den Kopf und zeigte dem Lehrer eine lange Nase.

Dann kam ein Polizist.

»Machen Sie den Weg frei! Niemand verlässt den Tatort!«, rief er. »Und *Sie* geben endlich Ruhe!«, sagte er zu unserem Lehrer. »Was ist hier überhaupt los?«

Der Lehrer hielt sich gerade seine Eistüte vors Gesicht und zeigte der Kiosktante eine noch längere

Nase. Den Polizisten bemerkte er erst, als der ihm mit dem Gummiknüppel freundschaftlich auf die Ohrenschützer klopfte. Wir fanden alle, dass der Lehrer mit seiner Eistütennase fast ein bisschen wie Pinocchio aussah.

»Ich kann Ihnen alles erklären, ich bin Lehrer«, sagte der Lehrer zu dem Polizisten.

»Das müssen Sie mir nicht sagen, das sieht man«, sagte der Polizist. »Aber woher haben Sie dann das Geld für so viel Eis?«

»Ich beziehe ein hervorragendes Gehalt«, sagte der Lehrer, und plötzlich schüttelten sich der Polizist und der Lehrer und überhaupt alle Erwachsenen, die sich

um uns herum versammelt hatten, vor Lachen. Erwachsene sind manchmal ganz schön komisch.

»Um ehrlich zu sein, hab ich das Eis gegen eins der Kinder getauscht«, erklärte der Lehrer, als er wieder sprechen konnte.

»Und um noch ehrlicher zu sein, hab ich das Eis mit dem Geld für die Nacht, die wir nicht bei ihrem Namen nennen wollen, gekauft«, versuchte der Lehrer dem Polizisten so leise ins Ohr zu flüstern, dass wir es nicht hörten. Aber wir hörten es natürlich doch.

»Oha!«, sagte der Polizist, als käme ihm etwas verdächtig vor. »Mit dem Geld für was?«

»FÜR DIE SCHULNACHT!«, riefen wir im Chor.

Diesmal verbeugte sich der Lehrer, nachdem er das Lied von dem Pechvogel gesungen hatte. Weil nämlich der ganze Marktplatz Beifall klatschte, sogar der Polizist und die Kiosktante, die jetzt vorsichtig ihr Fensterchen öffnete und dem Lehrer seine Kugel Erdbeereis auf die Hand gab.

Auf dem Rückweg in die Schule war der Lehrer richtig gut gelaunt. Das Lied sang er erst wieder an der Fußgängerampel beim Kino, als Pekka ihn fragte, wie viele Nächte es noch bis Weihnachten seien, und danach noch einmal für die Menschen an der Bushaltestelle beim Rathaus, einfach so, obwohl wir da nur über Eishockey sprachen.

In der Schule wunderten sich dann alle, dass Tiinas Vater auf uns wartete, aber wir fanden es toll, dass er Tiina den Brummtiger-Brief für fünfzig Euro abkaufte. Tiinas Vater war echt großzügig, und zum Dank versuchten wir so zu brummen, wie wir uns vorstellten, dass Tiger brummten.

Noch mehr wunderten wir uns aber, als Timo den Zylinder vom Kopf nahm.

Der Zylinder war nämlich voller Geld, lauter Münzen und sogar Scheine, die Timo jedes Mal, wenn der Lehrer sein Lied sang, eingesammelt hatte.

Wir hatten alles zusammen genau hundert Euro und zwanzig Cent. Die Sammlung für die Schulnacht war endlich zu Ende. Es war aber auch höchste Zeit.

Der Abschied

Die Schulnacht fand also statt. Aber wirklich glauben konnten wir es erst, als wir zwischen einem Berg von Schlafsäcken und Proviantpaketen mit Bonbons und Würstchen auf dem Schulhof standen.

»Du schaffst das schon«, sagte Hannas Vater und nahm sie in die Arme.

»Wir vertrauen dir«, sagten Timos Eltern und gaben ihm vorsichtshalber eine Kerze mit.

»Benimm dich so, dass wir uns nicht für dich schämen müssen«, sagte Pekkas Mutter, die bekanntlich auch unsere Direktorin ist.

»Du bist ein tapferes Mädchen«, sagte meine Mutter und gab mir einen Kuss auf die Wange.

»Dass du mir heute Nacht niemanden piesackst!«, sagte der Vater des Rambos streng.

»Das ist ein schwerer Augenblick, aber ich glaube, dass es die richtige Entscheidung war«, seufzte

Mikas Vater und wischte sich eine Träne aus dem Augenwinkel.

»Danke, danke«, sagte der Lehrer, nachdem ihm alle Eltern noch die Hand geschüttelt, ihn umarmt und ihm gute Ratschläge gegeben hatten. Nur Tiinas Vater war gleich wieder gegangen, weil er angeblich einen wichtigen Termin hatte. Vielleicht hatte ihm aber auch unser Tigerbrummen nicht so gefallen.

Zum Schluss sagten die Eltern noch, wir sollten nicht zu viele Bonbons essen, das Zähneputzen hinterher nicht vergessen und vor allem vorsichtig mit dem Feuer umgehen.

»Ha!«, sagte der Lehrer und nahm das Akkordeon, das er mitgebracht hatte, aus dem Koffer.

»Sieht neu aus«, sagte die Direktorin, als sie es sah. »Das war bestimmt teuer?«

»Hundert Euro und zwanzig Cent«, sagte der Lehrer. »Wenn ihr wollt, singe ich noch ein kleines Abschiedslied.«

Es war komisch, aber plötzlich hatten auch alle anderen Eltern noch Termine. Bis der Lehrer sich das Akkordeon umgeschnallt hatte, waren außer uns nur noch seine Frau und sein Kind da, die bei der Schulnacht dabei sein sollten.

»Liebling, lass doch erst mal das Akkordeon«, sagte die Frau des Lehrers. »Es ist wirklich sehr schön, aber jetzt haben es ja alle gesehen.«

Danach mussten wir nur noch warten, bis der Hausmeister den Schulschlüssel brachte, weil der Lehrer seinen zu Hause vergessen hatte.

Strenge Regeln und eine gruselige Geschichte

»Hier sieht's ja genauso aus wie tagsüber auch«, bemerkte Pekka, als der Hausmeister uns endlich ins Schulhaus ließ.

Das stimmte natürlich. Alles war wie an einem normalen Schultag, nur dunkler, und es waren weniger Schüler da.

»Sind Sie auch ganz bestimmt versichert?«, fragte der Hausmeister, der irgendwie besorgt aussah.

»Ich habe eine Brand-, Diebstahl-, Ausreiß- und Abrissversicherung abgeschlossen«, versicherte ihm der Lehrer.

»Die Mädchen schlafen in unserem Klassenzimmer, die Jungen in dem der 2B«, erklärte der Lehrer, als der Hausmeister sämtliche Feuerlöscher der Schule vor die beiden Klassenzimmer gestellt hatte und endlich gegangen war. »Ihr legt erst euer Gepäck ab. Anschließend versammeln wir uns in der Turnhalle, wo ich die Regeln und den Stundenplan für die Schulnacht bekanntgeben werde.«

Ich wollte zwischen Tiina und Hanna schlafen, Hanna wollte zwischen Tiina und mir schlafen und Tiina zwischen Hanna und mir. Das wäre wahrscheinlich schwierig geworden, wenn die Frau des Lehrers nicht auf die Idee gekommen wäre, unsere Schlafsäcke mitten im Klassenzimmer in Form eines Ypsilons auszulegen.

Der Rambo stand inzwischen in der Tür zum anderen Klassenzimmer und drohte, jedem eins auf den Riecher zu klopfen, der auch nur versuche, seinen Schlafsack ins Zimmer zu bringen. Außer natürlich Pekka, dem der Rambo nie was auf den Riecher klopfen würde, wahrscheinlich weil sie vom selben Planeten stammen.

»Du schläfst auf deinem Heimatplaneten, wenn du dich nicht benimmst!«, sagte der Lehrer zu dem Rambo.

»Liebling, beruhige dich doch!«, rief die Frau des Lehrers aus dem Klassenzimmer der 3A gleich nebenan, in dem sie gerade Betten für sich, den Lehrer und ihr Kind machte.

Alle Mädchen fanden das Kind des Lehrers unheimlich niedlich. Es war ein bisschen älter als ein halbes Jahr und hieß Anna. Wir Mädchen fanden den Namen auch alle sehr niedlich.

Die Jungen fanden, dass das Kind einen schrecklichen Schrumpelkopf hatte und dass Anna ein unglaublich dämlicher Name war. Ich finde, dass Jungen manchmal selber unglaublich dämliche Schrumpelköpfe sind.

Als die Jungen endlich auch ihre Schlafsäcke ausgelegt hatten, versammelten wir uns in der Turnhalle, damit uns der Lehrer die Regeln und den Stundenplan für die Schulnacht bekanntgeben konnte. Die Regeln waren einfach, und es gab auch nicht viele.

»Regel Nummer eins: Alle, die gegen die Regeln verstoßen, werden bei Sonnenaufgang aus dem Schulhaus geschmissen«, erklärte der Lehrer.

»Liebling, versuch doch bitte, ein bisschen nett zu sein«, sagte die Frau des Lehrers.

»Regel Nummer zwei: Alles ist verboten«, fuhr der Lehrer fort.

»Aber Herr Lehrer ...«, sagte Hanna.

»Auch das ist verboten!«, unterbrach sie der Lehrer. »Wenn wir uns alle an diese wenigen Regeln halten, wird es zu unser aller Vorteil sein, und ich bin mir sicher, dass wir eine schöne Schulnacht miteinander haben werden.«

Der Lehrer hatte uns wieder einen richtigen Vortrag über die Schulnacht gehalten, und wir waren wieder erst ganz sprachlos.

Dann sagte Pekka: »Ich find's toll, dass es nur so wenig Regeln gibt.«

»Setzt euch!«, sagte der Lehrer.

Wir setzten uns auf den Boden und sagten nichts, weil das wahrscheinlich auch verboten war.

»Womit wir beim Programm für unsere Schulnacht wären«, sagte der Lehrer, aber dann musste er schnell noch mal weg, weil er etwas vergessen hatte.

Auf das Programm waren wir alle schrecklich gespannt.

»Ich freu mich aufs Würstchengrillen«, sagte Timo.

»Und ich mich aufs Bonbonessen«, sagte Hanna.

»Ich mich aufs Boxen«, sagte der Rambo.

»Und ich mich auf die Nachtdisco«, seufzte Tiina.

»Uarrrgh!«, riefen die Jungen im Chor.

»Wir beginnen mit einem Lied«, verkündete der Lehrer, der mit dem Akkordeon vor dem Bauch zurückgekommen war.

»Das hier kennt ihr wahrscheinlich schon«, vermutete er, während er die ersten Takte des Lieds von dem Pechvogel spielte.

»Anna fürchtet sich ein bisschen«, sagte die Frau des Lehrers und verließ mit dem Kind die Halle.

Es stellte sich heraus, dass der Lehrer überhaupt nur das eine Lied spielen konnte. Nachdem er es uns ungefähr sechzehnmal gespielt hatte, kam seine Frau zurück, und es war sehr komisch, wie sie ihm erst ein Glas Wasser über den Kopf goss und ihm dann das Akkordeon wegnahm.

»Anna schläft nämlich«, sagte sie, als sie wieder ging.

»Und ihr geht euch jetzt auch alle waschen!«, sagte der Lehrer. »Ich hab's ja schon hinter mir. – Waschen, Zähneputzen, und dann ab in die Schlafsäcke!«

Das fanden wir ein bisschen übertrieben. Schließlich war es erst sieben Uhr, und keiner von uns war müde.

»Und was ist mit den Würstchen?«, fragte Timo, der acht Päckchen davon mitgebracht hatte.

»Die grillt ihr morgen zu Hause«, sagte der Lehrer.

»Und die Bonbons?«, fragte Hanna, die mindestens sechs große Tüten davon mitgebracht hatte.

»Die esst ihr auch zu Hause«, sagte der Lehrer.

»Und was ist mit der Nachtdisco?«, fragte Tiina.

»Disco hatten wir doch gerade eben«, sagte der Lehrer.

»Wo?«, fragte Pekka.

»Und wo bleibt die Gute-Nacht-Geschichte?«, fragte zu unser aller Überraschung der Rambo.

»Stimmt, die fehlt noch. Gut, dass du mich daran erinnerst«, bedankte sich der Lehrer.

Dann machte er das Licht in der Turnhalle aus, ging noch schnell seinen Akkordeonkoffer holen und setzte sich darauf.

»Es war einmal eine blutige Direktorin, die pflegte in einer euch wohlbekannten Schule ausgerechnet in Schulnächten herumzuspuken«, begann der Lehrer.

Und dann erzählte er uns eine ganz schön gruselige Geschichte, in der nach unserer Meinung überraschend viel Blut und rollende Köpfe vorkamen. Auch dass die Schule, in der es so grausam spukte, unsere eigene sein sollte, überraschte uns. Aber das Merkwürdigste war, dass die blutige Direktorin ebenfalls Regeln für die Schulnacht aufgestellt hatte, und dass es genau dieselben waren wie die des Lehrers. Die blutige Direktorin spukte nur bei Kindern, die gegen die Regeln verstießen, erklärte uns der Lehrer, und wir fanden es ganz schön traurig, dass die arme Direktorin sich beim Spuken genau wie im richtigen Leben benehmen musste.

Als die Geschichte zu Ende war, war es totenstill und richtig unheimlich in der Turnhalle.

»Was ist jetzt mit den Würstchen?«, fragte Timo schließlich.

»Und den Bonbons?«, wollte Hanna wissen.

»Und der Nachtdisco?«, sorgte sich Tiina.

Alle anderen hätten bestimmt auch noch was gefragt, wenn nicht plötzlich ein schriller, markerschütternder Schrei ertönt wäre.

»Hilfe! Anna ist verschwunden!«, schrie die Frau des Lehrers.

Die große Suchaktion

Der Lehrer teilte uns für die große Suchaktion in Paare auf. Ich bekam Pekka als Partner, obwohl ich lieber Hanna oder Tiina genommen hätte.

»Mach bloß keinen Quatsch!«, sagte ich zu Pekka.

»Ich?«, sagte Pekka.

Hanna war Tiinas Partnerin, und Timo war Mikas Partner. Nur der Rambo blieb ohne Partner, weil er sagte, er würde jedem eins auf den Riechkolben brezeln, der sein Partner sein wollte. Ich fand es toll, auf wie viele Arten der Rambo sagen konnte, dass er einem was auf die Nase geben wollte. Es war ein Beweis dafür, was der Lehrer immer sagte, dass nämlich jeder in irgendetwas gut ist.

»Ihr dürft alle Bonbons essen, wenn ihr Anna findet«, versprach der Lehrer.

»Und die Würstchen?«, fragte Timo.

»Die auch«, sagte der Lehrer.

»Und was ist mit der Nachtdisco?«, erkundigte sich Tiina.

»Die gibt es dann auch«, seufzte der Lehrer.

Dann schickte er uns los, und wir machten uns auf die Suche.

Der Lehrer und die Frau des Lehrers suchten in den Klassenzimmern. Da wären wir natürlich alle gern dabei gewesen, denn niemand war neugierig darauf, irgendwo auf dem Flur der blutigen Direktorin zu begegnen. Aber der Lehrer hatte bestimmt, dass wir uns trennen sollten, weil wir so größere Chancen hätten, das Kind zu finden, und das mussten wir ja, wenn wir Würstchen grillen, Bonbons essen und eine Nachtdisco machen wollten.

»Bestimmt hat die blutige Bürgermeisterin das Kind des Lehrers geholt«, vermutete Pekka.

»Du meinst die Direktorin«, korrigierte ich ihn.

»Meine Mutter ist die Direktorin an unserer Schule, falls du das vergessen hast, und von einer anderen hab ich noch nie was gehört«, sagte Pekka.

Als wir das Kind des Lehrers hinter der Heizung suchten, fand Pekka seinen Schlüsselbund, den er letztes Jahr verloren hatte.

Als wir das Kind des Lehrers in der Küche suchten, fand Pekka eine Familienpackung Eis am Stiel, aber ich schaffte nur fünf, dann konnte ich nicht mehr.

Als wir das Kind des Lehrers im Zimmer des Hausmeisters suchten, fanden wir einen Ball, ein Taschenmesser, einen Hockeyschläger und einen Akkuschrauber – alles Sachen, die uns der Hausmeister in der vergangenen Woche abgenommen hatte. Den Akkuschrauber hatte Pekka mit in die Schule gebracht, um zu beweisen, dass er den Lehrertisch in weniger als fünf Minuten auseinanderschrauben konnte. Das stimmte auch. Es dauerte nur viel länger, den Tisch wieder zusammenzubauen. Obwohl der Lehrer und der Hausmeister zu zweit waren, brauchten sie dafür fast einen ganzen Nachmittag.

Als wir das Kind des Lehrers auch noch im Lehrerzimmer suchten, fanden wir dort alle anderen außer dem Lehrer. Komisch, dass es allen eingefallen war, dort zu suchen. In jedem Fall war das Lehrerzimmer rappelvoll.

Timo und Mika fanden das Aufziehgebiss, das die Englischlehrerin einmal Pekka abgenommen hatte.

»So sieht es viel modischer aus«, sagte Timo, nachdem er die Zähne mit Filzstiften abwechselnd schwarz und gelb angemalt hatte.

Hanna und Tiina fanden eine Dose Glatzenwachs, die dem Sportlehrer gehörte. Der Rambo fand das Fotoalbum der Direktorin, in dem Nacktfotos von Pekka als Baby waren, und als Letztes fanden Pekka und ich die Aufsatzhefte, die der Lehrer uns im letzten Schuljahr nicht zurückgegeben hatte, weil sie angeblich wie vom Erdboden verschluckt waren. Solche Sachen fanden wir, aber das Kind des Lehrers fanden wir nicht.

»Es ist schrecklich«, sagte die Frau des Lehrers, als wir uns alle wieder in der Turnhalle versammelt hatten.

»Du sagst es«, sagte der Lehrer, nachdem wir ihm die achtzehn Aufsatzhefte überreicht hatten.

»Wir müssen Hilfe anfordern«, sorgte sich die Frau des Lehrers.

»Wer weiß, ob es nicht schon zu spät ist?«, sagte der Lehrer, während er das oberste Heft durchblätterte.

»Ich rufe die Polizei an«, beschloss die Frau des Lehrers und ging.

»Wir waren auf einer Hubschraubervorführung

mit unserem Lehrer. Erst brummte er ganz laut, und dann flog er mit dem Hinterteil voran in die Luft«, las der Lehrer aus Mikas Aufsatzheft vor.

Wir klatschten Beifall, denn das hatte Mika schön geschrieben. Und mitten in unserem Klatschen fing der Akkordeonkoffer des Lehrers an zu weinen.

Noch mehr gruselige Geschichten

Wir hätten natürlich alle nicht gedacht, dass das Kind zum Schlafen in den Akkordeonkoffer gekrochen war. Es musste passiert sein, als die Frau des Lehrers das Wasser holen ging, das sie ihm über den Kopf gegossen hatte.

Wir hätten auch nicht gedacht, dass die Polizei so schnell kommen würde und auch noch die Feuerwehr mitbringen, obwohl die gar niemand gerufen hatte.

»Ihr Anruf kam später als sonst«, sagte der Oberpolizist zu unserem Lehrer.

»Nein, ihr wart nur schneller«, sagte unser Lehrer zu dem Oberpolizisten.

»Sämtliche Einheiten waren in Alarmbereitschaft, seit wir wussten, dass die Nacht, die wir nicht bei ihrem Namen nennen wollen, doch stattfindet«, erklärte der Oberpolizist. Es war derselbe, den wir schon auf dem Marktplatz getroffen hatten, als der Lehrer vor dem Kiosk das Lied von dem Pechvogel sang.

»Wo brennt's denn diesmal?«, fragte der Oberfeuerwehrmann. Es war derselbe, der den Lehrer im vergangenen Frühling vom Baum auf dem Schulhof heruntergeholt hatte.*

»Noch nirgendwo«, sagte der Lehrer. »Der Schulhofbrand findet heute ausnahmsweise etwas später statt.«

Die Frau des Lehrers sagte nichts. Sie umarmte und küsste nur Anna, die nach ihrem Schläfchen im Akkordeonkoffer wach und gut gelaunt aussah.

Wir hingegen fragten uns, wo der Rambo steckte. Wir hatten ihn, seit wir das Lehrerzimmer verlassen hatten, nicht mehr gesehen. Das Letzte, was wir von ihm gehört hatten, war, dass er jedem eins auf den Rüssel zirkeln würde, der über Pekkas Babyfotos lachte.

Gerade, als wir dem Lehrer sagen wollten, dass der Rambo fehlte, ging das Licht aus.

* Wer das nachlesen will: Es steht im Band 1 der Ella-Bücher, im Kapitel »Zeugnisse im Sommerwind«.

»Aha«, sagte der Oberpolizist. »Dann bleiben wir jetzt mal gaaanz ruhig und geraten nicht in Panik! Alle Geschichten, die man sich von einem blutigen Polizisten hier in der Schule erzählt, sind nämlich reine Hirngespinste.«

»Die man sich von wem erzählt?«, fragte die besorgte Stimme des Oberfeuerwehrmanns aus dem Dunkeln.

Da erzählte der Oberpolizist die Geschichte, und komischerweise war es genau dieselbe, die der Lehrer erzählt hatte, nur dass diesmal der blutige Polizist die Regeln für die Schulnacht aufgestellt hatte. Als der Oberpolizist die Geschichte zu Ende erzählt hatte, war es totenstill, bis dem Oberfeuerwehrmann die Geschichte von dem blutigen Feuerwehrmann einfiel, der angeblich immer in den Schulnächten herumspukte.

Wir fanden es verblüffend, wie viele Gespenster in eine einzige Schule passten.

Der Lehrer, der Oberpolizist und der Oberfeuerwehrmann wollten sich gerade auf die Suche nach dem Sicherungskasten machen, als plötzlich ein blutiges Gespenst bei der Tür auftauchte. Keiner hätte auf Anhieb sagen können, ob es sich um eine Direk-

torin, einen Polizisten oder einen Feuerwehrmann handelte, aber alle fanden das Gespenst ganz schrecklich gruselig, wie es fast lautlos und von einem fahlen Licht umgeben auf uns zuschwebte.

»Stehen bleiben, oder ich komme mit dem Knüppel!«, rief der Oberpolizist.

»Stehen bleiben, oder ich komme mit dem Schlauch!«, rief der Oberfeuerwehrmann.

»Stehen bleiben, oder es gibt Nachsitzen!«, rief der Lehrer.

»Lass mich los, oder ich dusch dir eine auf den Zinken!«, sagte eine vertraute Stimme.

»Den hier hab ich beim Sicherungskasten gefunden«, sagte der Hausmeister und leuchtete den Rambo mit der Taschenlampe an. Jetzt sahen wir, dass er ihn mit einem festen Griff beim Nacken hatte.

Trotzdem fanden wir alle, dass der Rambo toll aussah. Er hatte sich in die weiße Schürze der Köchin gewickelt, sein Gesicht war voller Ketchup, und in seinem Mund glänzte das schwarzgelbe Aufziehgebiss. Wir klatschten Beifall, sogar die Polizisten und die Feuerwehrleute.

Die Nacht, die wir nicht bei ihrem Namen nennen

Wir fanden es alle nett, dass die Polizei, die Feuerwehr und der Hausmeister uns für den Rest der Schulnacht Gesellschaft leisten wollten.

»Dann brauchen wir wenigstens nicht die ganze Nacht hin- und herzufahren«, erklärte der Oberfeuerwehrmann dem Lehrer.

Zuerst spielten wir Verstecken und aßen Bonbons. Das heißt, wir aßen Bonbons, während der Lehrer, die Polizisten, die Feuerwehrleute und der Hausmeister Verstecken spielten. Wir fanden Verstecken ein ziemlich altmodisches Spiel, aber die Erwachsenen schienen trotzdem großen Spaß daran zu haben, vor allem die Feuerwehrleute, als sie den Hausmeister aus der Turnmatte rollten, in die er sich eingerollt hatte.

Hanna und Mika wurde schlecht von den Bonbons. Erst musste sich Hanna übergeben, dann Mika.

»War das jetzt auch schon die Nachtdisco?«, fragte Pekka.

Wir fanden, Mika hatte sich viel schöner übergeben als Hanna, aber das konnte auch daran liegen, dass Hanna sich in die Birkenfeige neben dem Lehrertisch übergeben hatte, wo man das meiste gar nicht sehen konnte. Von Mika konnte man das meiste sehen, weil es im Akkordeonkoffer gelandet war. Zum Glück lag das Kind des Lehrers nicht mehr drin. Das Kind des Lehrers saß im Schoß des Oberpolizisten und hörte zu, wie er immer neue Geschichten vom blutigen Polizisten erfand.

Nach dem Versteckspielen und den Bonbons waren die Würstchen an der Reihe. Wir fanden das Würstchengrillen spannend, obwohl unser Lagerfeuer auf dem Schulhof lange nicht brennen wollte. Es brannte nicht mal, als die gesamte Feuerwehr es anzuzünden versuchte. Zum Glück hatte der Lehrer eine Idee.

»Pekka, ich geh mehr Brennmaterial holen«, sagte er. »Pass du so lange auf meine Streichhölzer auf, aber spiel auf keinen Fall damit herum!«

Als der Lehrer zurückkam, brannte das Lagerfeuer endlich, aber leider auch die große Mülltonne gleich daneben. Erst als die Feuerwehr den Mülltonnenbrand gelöscht hatte, durften wir unsere Würstchen über dem Lagerfeuer grillen. Schade war nur, dass keiner von uns mehr welche essen konnte. Wir hatten alle so schrecklich viele Bonbons gegessen. Zum Glück waren der Lehrer, die Feuerwehrleute, der Hausmeister und die Polizisten vom Versteckspielen und Feuerlöschen hungrig geworden und aßen alle gerne Würstchen. So war es doch gut, dass Timo gleich acht Päckchen mitgebracht hatte. Und wir alle hatten irgendwie ein sicheres Gefühl beim Würstchengrillen, wo ein ganzer Feuerwehrzug samt Löschfahrzeug und Drehleiter dabei war.

In der Nachtdisco bat ich dann den Rambo um einen Tanz. Zum Glück hatte ich mit seiner Antwort gerechnet und wich ihr aus. Die Frau des Lehrers forderte den Oberpolizisten zum Tanz auf, und er versuchte ihr überhaupt nicht auf die Nase zu hauen, sondern kam, ohne zu meckern, mit. Als wir Mädchen das sahen, holten wir die anderen Polizisten und die Feuerwehrleute auf die Tanzfläche, und sie kamen auch ohne zu meckern. Der Hausmeister tanzte mit dem Kind des Lehrers auf dem Arm, und nur die Jungen tanzten nicht. Stattdessen sangen sie mit dem Lehrer das Pechvogellied, dessen Text sie inzwischen auswendig konnten. Zum Tanzen war das Lied gar nicht so schlecht.

Am Ende gingen wir viel zu früh schlafen, wie wir fanden, und nur der Lehrer fand, es sei viel zu spät. Am längsten war das Kind des Lehrers wach, das seit seinem Schläfchen unheimlich munter war. Aber das machte nichts, denn der Lehrer war auch lange wach. Er korrigierte unsere Aufsätze aus dem letzten Jahr. Das wussten wir, weil wir sein meckerndes Lachen bis in unsere Schlafsäcke hören konnten.

»Liebling, davon bekommt man ja Gänsehaut«, hörten wir die Frau des Lehrers sagen.

Das stimmte. Wir fanden auch, dass das Lachen des Lehrers gespenstisch klang. Andererseits konnte auf dem harten Fußboden sowieso niemand richtig schlafen. Wir hatten Alpträume, und manche fürchteten sich im Dunkeln. Schließlich rief der Lehrer erst Mikas und Heidis Eltern und dann die des Rambos an, sie möchten bitte ihre Kinder abholen.

Wir anderen schlichen uns nach und nach in das Klassenzimmer der 3A, wo der Lehrer und seine Frau mit ihrem Kind schliefen, und legten uns für den Rest der Nacht zwischen sie. Genau das taten auch die Polizisten, die Feuerwehrleute und der Hausmeister, die sagten, sie kämen nur, um sicherzustellen, dass uns keine blutigen Direktorinnen, Polizisten oder Feuerwehrmänner aus dem Schlaf aufschreckten.

Als es dann endlich Morgen war, wachten wir alle entsetzlich schlecht gelaunt auf und schworen uns, dass dies bestimmt die letzte Schulnacht unseres Lebens gewesen sei.

Wir fanden alle, dass die Schulnacht richtig schön gewesen war und genau so, wie der Lehrer erzählt hatte.

»Und, wollt ihr nächstes Jahr wieder eine Schulnacht machen?«, fragte der Lehrer.

Da hielten wir uns alle die Ohren zu und sangen das Pechvogellied.

Inhalt

Die Schülerolympiade

Der Rambo

Die Schulnacht

Das gesamte lieferbare Programm der *Reihe Hanser*
und viele andere Informationen finden Sie unter
www.reihehanser.de

FSC
www.fsc.org
MIX
Papier aus verantwortungsvollen Quellen
FSC® C019821

2011 Deutscher Taschenbuch Verlag GmbH & Co. KG,
2. Auflage 2012
München

Titel der Originalausgaben:
›Ella ja lopettaja‹, ›Ella ja Pate‹ und ›Ella ja Pukari‹
(Tammi, Helsiniki)

Umschlagillustration: Sabine Wilharm
Druck und Bindung: Druckerei C. H. Beck, Nördlingen
Gedruckt auf säurefreiem, chlorfrei gebleichtem Papier
Printed in Germany · ISBN 978-3-423-62481-7